# 사선에서
## 국선으로

김민경

# 사선에서
# 국선으로

김민경 지음

이 책엔 변호사로서, 특히 '국선전담변호사'로서 내가 마주한 사건과 그 당사자들에 관한 이야기가 담겨 있다. 평범한 일상이었고 평소와 다를 것 없는 행동이었는데, 그들은 왜 법정에 서게 된 것일까?

젊고 패기 넘치던 시절, 나는 그들이 법을 이해하지 못해 그런 행동을 했다고 생각했다. 그리고 사건을 처리하는 과정에서 열심히 그들에게 법에 관해 설명했다. 어렵고 딱딱한 용어가 아닌 일상의 언어로 법을 번역해야 했던 것. 그게 변호사가 하는 일이라고 생각했고, 나는 그 일을 꽤 잘했다고 자부했다.

그런데, 뱃속의 아이와 함께 법정과 구치소를 오가며, 나는 변호사는 법을 일상의 언어로 '번역'만 해 주는 사람이 아니라고 생각하게 됐다. '법은 저 멀리 있는 법전 속 문장으로만 존재하는 것이 아니라, 누군가의 오늘을 지탱해 주고 상식을 설명할 수 있는 언어여야 한다'라고 생각을 달리하게 됐다.

다소 의외겠지만, 법은 기-승-전-결을 좋아한다. 아니, 정확히 말하면 법정 안에 있는 사람들이 그렇다. '무슨 실없는 소리야?'라고 생각하는가? 나는 국민참여재판을 진행하면서 이 말에 확신을 갖게 되었다. 배심원으로 참여한 일반 시민은 '법리'를 중심으로 생각하지 않는다. '교양과 상식'을 기준점으로 삼아 사건을 판단한다. 즉, 법리와 판례에 대한 설명이 길어질수록 오히려 배심원을 설득하기 힘들어진다. 판결을 내리는 판사도 마찬가지다. 물론, 법리가 중요하지만 '상식'을 판단의 기준점으로 삼는 경우도 많다. 그래서 법정에 설 때마다 나만의 대본을 작성했다. 잊지 말아야 할 말, 먼저 보여 줘야 할 장면, 마지막에 남길 문장을 한 장에 정리했다. 기-승-전-결을 명확하게 구분해서 한 편의 드라마 신(scene) 구성처럼 대본을 작성했고, 그 장소에서 피고인이 왜 그런 행동을 하게 되었는지 몰입감 있게 묘사했다. 그것이 배심원을 이해하도록 하는 최고의 방법이라 생각했다. 그래서 내가 법정에서 가장 많이 하는 말은 "사건 당시, 그곳으로 돌아가 보겠습니다"였다.

내가 이 책을 쓰게 된 계기는 슬프지만, 21세기 범죄는 너무나 빠르게 모습을 바꾸기 때문이다. 스마트폰 터치 몇 번만으로도 쉽게 범죄가 되기도 한다. 잠깐의 호의가 범죄의 한가운데를 가리키는 화살표가 되기도 한다. 나는 그런 상황에 처했던 이들이 어떻게 다시 일상으로 돌아갈 수 있었는지 책으로 정리해서 펴내기로 마음먹었다. 법을 몰라도 좋다. 어려운 죄명을 외울 필요도 없다. 다만, 당신이 법정에 서야 할 상황이라면 이 책을 떠올려 주길 바란다. "지금 무엇을 확인해야 하지?" "내 상황을 어떻게 설명해야 하지?" 이 질문이 마음에 남는다면 나의 역할은 충분하다.

# 차례

1.

# 로펌의 책상 너머에서 본
# 그 사건들

## 법정이라는 무대, 나는 어디에 서 있을까?

로펌에 입사하고 얼마 동안은 법정 가는 길이 설레었다. 아침마다 부딪히는 엘리베이터 문, 손바닥에 묻은 커피 얼룩, 철판처럼 차가운 복도를 지나 문을 열면, 그날도 내 차례가 기다리고 있었다. 초년생 변호사의 가방은 언제나 무거웠지만, 발걸음은 가벼웠다.

나는 재판장의 시선과 방청석의 숨소리, 그리고 내 목소리의 떨림까지 포함한 그 모든 리듬을 사랑했다. 재판은 언제나 살아 있는 장면이었고, 나는 거기에 뛰어드는 사람이라고 믿었다. 자아도취도 이 정도면 병이다. 하지만 누구나 그럴 때가 있지 않은가? 세상이 나를 중심으로 돈다는 착각 속에 빠져 있는 그런 때가 말이다. 서초동 로펌 시절이 그러했다.

로펌의 책상에 앉으면 법은 문장이고 사람은 사건이었다. 그러니까 문장을 다듬으면 사람의 결말이 바뀔 수 있다고 믿었다. 순진한 건지 멍청한 건지, 한참 동안은 정말로 그렇게 생각했다.

"정답은 있다."

내 안의 목소리는 대부분 단정적이었다.

"지금, 이 경우엔 자백이 최선입니다."

조심스럽게, 그러나 방향은 명확하게 말했다. 합의할 수 있으니, 시간을 벌자, 진술은 이만큼만 하자, 오늘은 이 표정을 준비하자. 내 역할은 방향을 정해 주는 나침반이라고 믿었다. 어떤 피고인은 고개를 끄덕였고, 어떤 피고인은 손을 꽉 쥐었다. 그들의 체온이 내 손끝을 통해 전해질 때마다, 나는 내가 옳다고 더 굳게 믿었다.

이 믿음은 순진했지만 나쁘지 않았다. 나의 패기와 그들의 절박함이 만나 만들어 낸 순간들이 있었다.

"변호사님, 그냥 솔직히 말하겠습니다."

서늘한 접견실에서 한 남자가 침묵 끝에 말했다. 나는 당연하다는 듯 고개를 끄덕였고, 사실을 인정한 그의 목소리는 낮고 단단했다.

"자백하고 들어가서 살겠습니다."

그때의 나는 확신했다. '결정'은 단호할수록 좋다고.

그러나 단호함을 튕겨 내는 의뢰인도 있었다. 어떤 피고인은 사실을 인정하고도 얼굴을 들지 못했다. "아이에게 뭐라고 말해야 할까요." 어? 생각지도 못했던 문제였다. 재판에 이기고 지는 것보다 그게 더 큰 문제라는 의뢰인. '아이를 떠올리며 눈물 흘리던 그에게 자백을 권했다'라는 자책감은 그날 밤 내 머리맡을 오래 떠나지 않았다. 정답처럼 밀어붙인 방향이 누군가를 끊임없이 괴롭게 만들 수 있다는 걸 변호사 생활 7년 차에 비로소 알게 됐다. 그때부터 '결정'이나 '결단'이라는 말을 쉽게 하지 않았다.

## 로펌에서 가장 훈련된 감각은 '귀'였다

혈기 넘쳤던 시절, 재판은 말싸움이 아니라 듣기 평가라는 걸 몰랐다. 지금은 듣는 귀의 중요성을 누구보다 잘 알고 있다. 특히 법정에서 중요한 건 논리나 증거 기록만이 전부가 아니기 때문이다. 왜 듣기가 중요한지 이야기해 보겠다.

첫째, 들리는 속도는 많은 걸 내포하고 있다. 말을 빨리하면 불리한 때가 있었고, 안정된 속도가 상대의 얕은 거짓을 끌어냈기 때문이다. 둘째, 말의 간격은 마음의 문 간격과 동일하다. 너무 가까이 붙으면 자기방어가 강해지고, 너무 멀면 마음이 닫힌다. 가끔은 한 걸음 물러서는 것이 내 편을 더 잘 움직이는 방법이었다. 셋째, 순서. 진실은 들리는 순서로 좌우되는 경우가 있다. 먼저 물은 질문에 답이 뒤에서 나온다면 뭔가 숨기거나 잘못됐다는 신호일 수 있다. 순서를 잘 세우면 같은 사실도 다른 얼굴로 나타나는 법이다. 넷째, 침묵. 말을 채우지 않는 기술. 침묵은 사람을 스스로 말하게 만든다. 침묵을 견디는 법을 배운 다음부터 진술의 결이 달라졌다.

## 재판 기록엔 표정이 있다

내가 중요하게 여긴 또 한 가지는 종이의 표정이었다. 재판 기록은 활자지만 표정이 있다. 무슨 헛소리냐고 생각할지 모른다. 그런데 진짜 그렇다. 날카로운 판결문은 가장자리까지 서늘했고, 공판조서와 수사보고서는 군데군데 감정이 넘쳐흐른다. 그걸 법조인들은 알 수 있다. 판결 선고 전 재판장의 한마디, 국민참여재판 평의에 들어가는 배심원의 표정에서 이미 유·무죄가 그려진다. 서초동 로펌에 다니던 시절, 나는 멋진 최후진술로 그걸 바꿀 수 있다고 생각했다. 법조인이 되기 전 봤던 법정 드라마에서 그런 장면이 꽤 많았기 때문이다.

처음 몇 년, 내가 법을 믿는 방식은 단단했다.

"잘하면 바뀐다. 판결을 뒤집는 건 변호사의 능력이다."

그 믿음 덕분에 늦은 밤 귀가하고 새벽마다 수건으로 대충 말리다 만 젖은 머리로 집을 나설 수 있었다. 또 하루에도 몇 번씩 마음속으로 최후진술 리허설을 했다. 마치 연극의 무대처럼, 입구에서 변호인석까지 걷는 걸음 수를 세고, 말의 높낮이를 조정하고, 마침표를 어디에 둘지 손끝으로 그려 보았다. 이 연습은 유치할 정도로 치밀했지만, 그 시절의 나를 버티게 해 준 가장 현실적인 방식이었다. 일의 기쁨은 감각에서 온다. 승패의 기쁨은 가끔이고, 감각의 기쁨은 매일이었다.

## 가장 마지막에 가장 어렵게 알게 되는 '사람'

하지만 판결의 핵심은 피고인과 피해자, 그리고 원고와 피고다. 법의 직접적인 이해 당사자들이 재판 결과에 가장 큰 영향을 미친다. 그렇다, 결국 사람이 중요하다. 그렇게 로펌의 책상 너머에서, 나는 '사람의 중요성'을 늦게 배웠다. 법을 먼저 배우고 사람을 나중에 배운 꼴이다. 그래서 가끔은 서투른 친절을 건넸고, 때로는 충고랍시고 상처를 냈다. 그리고 나중에 깨닫게 됐다. 변호사의 일은 방향을 밀어붙이는 일이 아니라, 가능성의 문을 열어 두는 일이라는 생각. 누군가의 '다음'을 보태는 일. 그다음이 자백이든, 부인이든, 침묵이든, 혹은 눈을 감는 용기이든. 딱 거기까지 끌어내는 것이 나의 몫이다. 이러한 깨달음을 얻게 된 것은 한 유명인의 죽음과 관련된 사건을 맡게 되면서였다.

# 故김광석의 그림자가 드리운,
# 이상호 기자 명예훼손 사건

## 프롤로그 – 문제는 다섯 가지 표현이었다

한 사람의 이름만 거론해도 알 수 있는 사건이다. 故김광석.

사건은 그의 갑작스러운 죽음으로부터 시작됐다. 그리고 명예훼손 재판으로 이어졌다. 이 재판은 다섯 가지 핵심 키워드로 구성됐다. 거짓말 탐지기, 살해 주장, 저작권을 빼앗김, 영아 살해 주장, 그리고 모욕적인 표현. 검사는 이것을 하나로 묶어 '허위사실 적시 명예훼손'과 '모욕'이라고 명시했다. 우리 변호인단의 목표는 이 다섯 개가 '허위의 단정'이 아니라 '의혹의 소개'와 '공익적 문제 제기'였다는 걸 풀어서 보여 주는 것이었다. 그렇게 나는 유명 가수, 故김광석 씨의 죽음과 관련된 사건에 뛰어들었다. 내 변호사 인생에 있어 가장 열심히 했던 사건 TOP 5에 들어가는 사건이었다.



## 사건을 맡게 된 계기

시작은 전화 한 통이었다. 대학교 선배인 김성훈 변호사로부터 "국민참여재판이고, 무료 변론 가능하냐?"라는 연락이 왔다. 로펌의 밤은 원래 길다. 그런데 그날은 전화 한 통으로 더 길어졌다. 선배가 "이건 해볼 만해. 기록은… 좀 많아."라고 했기 때문이다.

'좀'은 변호사 세계에서 다른 의미로 쓰인다. 나중에 알았다. 7천 쪽. '좀'의 해석을 새롭게 알게 됐다.

그렇게 사건에 관심을 두게 됐고, 피고인을 만났다. 피고인은 탐사보도 기자였다. 첫 만남에서 그는 '확신' 대신 '의문'을 꺼냈다.

"저는 단정하진 않았습니다. 의혹을 제기했고, 재수사를 요구했습니다. 의문을 던진 거예요."

허위사실 적시 명예훼손이 아니라 자신은 물음표를 던졌을 뿐이라고 말하는 의뢰인. 언론인으로서 의혹을 소개했다는 주장이었다.

이 사건에 뛰어들지 말지 결정하기 전 나는 영화 〈김광석〉, 오래된 녹취와 기사, 기자회견문을 처음부터 다시 보았다. 선입견은 잠시 접어 두어야 했다. '무엇 때문에 김광석이 죽었을까?'라는 개인적인 궁금증도 컸지만, 그 궁금증은 철저히 배제하고 기록만 들여다봤다. 변호사 일이란, 사실 그게 절반이다. 눈앞의 단어들이 어디에서 시작해 어디로 향했는지, 문장의 주어가 바뀌는 순간이 어디인지, 물음표가 언제 마침표로 변했는지, 그걸 찾아내는 순간 광명이 찾아온다.

그리고 나는 피고인의 말은 대체로 이런 결로 묶였다는 걸 알아냈다. '단정이 아니라 의혹 제기였다.' '재수사를 촉구했다.' '공익을 위한 문제 제기였다.'

물론 특정 문장만 보면 수위가 센 표현들도 있었다. 하지만 문장 전체와 기자회견의 톤을 합쳐 들으면, '그럴 수도 있다.'라는 가능성의 영역이 되는 표현이다. 가능성은 질문이고, 질문은 범죄가 아닐 수도 있다. 그러니 명예훼손이 아니라고 주장해 볼 가치가 충분했다.

"저도 이 사건 한번 같이 해보겠습니다. 무료 변론으로요." 이미 선정되어 있던 변호인단에서 가장 선배인 김성훈 변호사가 씩 웃으며 나를 쳐다봤다. '뛰어들 줄 알았다.'라는 표정이었다. 그렇게 나는 변호인단에 합류했고, 변호인은 나를 포함하여 총 네 명이었지만 생각은 일치했다. '의혹 제기와 단정 사이, 그 얇은 선을 지켜내는 것'이었다.

## 재판 준비 — 기록과 커피 사이에서

공부했던 책에 국민참여재판은 하루 동안 모든 것을 진행한다고 적혀 있다. 맞다. 하루에 모든 절차를 끝내는 제도가 맞다. 배심원 선정부터 피고인신문, 최후변론, 평의, 평결, 선고까지. 하루라는 촘촘한 그물(물론 이 사건 재판에서는 2박 3일이라는 여정이었지만). 어쨌든 통상 하루 만에 1심 절차가 마무리되는 국민참여재판, 그래서 준비는 더 길다. 또 다른 문제는 국민참여재판이 열리는 법정에서의 하루는 24시간이 아니라는 점이다. 몇 시간이 걸리든 끝나지 않았다면 하루가 지나지 않은 것이다. 또 사건에 따라 지연되고 길어지는 건 부지기수다. 그래서 국민참여재판은 체력전이다. 배심원 앞에서 이틀 만에 모든 걸 끝내야 하니, 준비는 한 달을 하루처럼 쪼개서 했다. 증거는 사람의 말로 번역했고, 법리는 생활 언어로 풀었다. "배심원은 법률가가 아니다. 상식으로 설득하자." 우리 팀의 구호였다. 그리고 다섯 쟁점은 이렇게 나눴다.

- 거짓말 탐지: 유죄의 입증 책임은 검사에게. "테이프 모니터링 (거짓말 탐지)을 의뢰한 사실이 있다는 것을 피고인이 증명하지 못한다고 해서, 그 사실이 곧바로 거짓이 되는가?"
- 살해 주장: 단정이 아니라 의혹의 레토릭. 기자회견·SNS 전체 맥락으로 입증.
- 저작권: '빼앗겼다'의 단정이 아니라 갈등 관계를 묘사하며 저작권을 빼앗긴 듯한 감정을 소개한 것.
- 영아 살해: 가장 무거운 단어이기에 더 엄격한 맥락 심사. 다만, 그렇게 인식할 만한 이유가 있었는지.
- 모욕: 톤은 날카로웠지만, 표현 동기나 경위, 구체적인 표현 방법이 사회적으로 용인되는 비판의 한계를 넘었는지.

며칠 밤낮으로 재판 준비에 몰두한 네 명의 변호사들. 특히 나와 함께 배심원 앞에 마이크를 들고 서게 될 김민호 변호사 사무실에서 함께 준비한 시간은 지금도 생생하다. 잠을 이기기 위해 혈관에 카페인이 흐를 정도로 커피를 마셔댔더니 속이 쓰렸다. 습관적으로 입에 달고 살았던 과자 때문에, 김민호 변호사 사무실의 직원이 주말을 지나고 월요일 아침에 출근해서 과자 부스러기로 폭탄 맞은 사무실 광경에, 쥐 떼가 출몰한 줄 알고 사무실에 발을 딛지 못한 리얼한 사연도 덧붙인다. 그렇게 시간을 쏟아부었지만, 재판 준비는 더디기만 했다.

일단 우리는 다섯 쟁점을 각각 쪼갰다. '거짓말 탐지' 관련 유죄의 입증 책임은 검사에게 있다는 점, 중요한 부분이 객관적 사실과 '합치'되는 경우에 다소 과장된 표현이 있더라도 허위사실이라고 단정할 수 없다는 판례로 변론의 밑그림을 그렸다. '살해 주장'은 말의 층위를 나눴다. 피고인은 구조적으로 '가능성'과 '의혹'의 레토릭을 사용해 왔다. 그 언어 습관을 기자회견문과 기사, SNS 전체 맥락으로 보여 주기로 했다. '저작권'과 '영아 살해'는 더 민감했다. 그래서 더욱 문장 단위로 뜯었다. 피고인이 말한 것은 '빼앗겼다'라는 기정사실이 아니라, 고소인과의 갈등 관계를 묘사하며 저작권을 빼앗긴 듯한 고인의 부모 형제 감정 소개에 가까웠다는 점. 그리고 '영아 살해' 역시 그런 의혹이 제기되었고, 그렇게 인식할 만한 이유가 있었다는 사정을 나눠서 준비했다.

마지막 '모욕'은 전체 맥락을 앞세웠다. 표현이 때로 날카로웠지만, '악마'라는 표현은 일상에서도 사용되는 것이고 사회적 평가를 저하할 만한 구체적 표현을 사용하지는 않았다는 점, 특정인을 깎아내리려는 목적, 그 악의의 방향성은 보이지 않는다는 점을 제시했다. 공익적 목적과 감정의 과열은 다르다. 나는 피고인의 직업이 기자라는 점을 계속해서 떠올리며, 논고 프레임의 첫 문장을 이렇게 적었다.

"이 사건은 '무서운 단정'의 재판이 아니라, '끈질긴 질문'의 재판입니다."

그렇게 배심원을 설득할 문장 하나에 공을 더 들였다. 질문과 단정의 차이를, 문장마다 살을 붙여 보여 주기로 정했다. 그런데, 뭔가 더 있으면 좋겠다는 생각이 머릿속에서 맴돌았다. '뭔가, 한 방이 부족해. 시작부터 배심원의 시선을 확 끌어놓을 한 방이.'

## 그때도, 지금도 핵심은 초동수사 실패

그러던 어느 날, 나는 다섯 가지 쟁점이 허위사실 적시가 아니라는 걸 풀어내는 것 말고 더 중요한 사실 하나를 언급하자고 제안했다. 허위사실 적시 여부는 피고인과 고소인의 대립 구도를 의미하는 것인데, 왜 이런 일이 발생하게 되었는지 풀어 가 보고 싶었다. 이 일이 왜 시작됐는지를 알아야 의뢰인의 행동도 이해될 테니 말이다.

"흠. 초동수사 실패가 이 모든 의문의 시작이었다는 것도 중요하게 다뤄야 할 것 같은데요?"

경찰이 처음 이 사건을 처리하면서 간과한 부분들, 이를테면 목격자진술의 변화나 당시 수사 기법과 과학수사의 한계 등에 대해 법정에서 상세히 짚어 국민참여재판의 배심원들에게 설명하면 어떨까 싶었기 때문.

"그럼 김변이 그 부분을 맡아 볼래?"

"잉? 제가요?"

"처음 사건 이야기할 때부터 언급했잖아. 이건 초동수사 잘못이 불러온 부메랑이라고."

"그거야 그렇지만."

사실 반반이었다. 故김광석 씨의 사건을 접했던 중학교 시절부터 관심을 가져 온 부분이긴 했다. 그리고 변호인단 내에서 내가 가장 열정을 가지고 조사해 온 부분이었다. 하지만 막상 이것이 재판에 영향을 줄 수 있을지는 의문이었다. 그때,

"어떤 방향으로 풀지 생각은 해 봤어? 초동수사 실패를."

김성훈 변호사가 가볍게 질문하였고, 난 그 질문을 받자마자 단숨에 생각하고 있는 걸 그대로 쏟아냈다.

"제가 검사라면, 서 씨가 정말 김광석 씨를 안 죽였으면 이 여자가 얼마나 억울하냐고, 왜 애꿎은 미망인을 괴롭히냐는 방향을 기본으로 잡을 것 같아요. '봐, 그치? 남편도 잃었는데 수십 년간 의심을 받았어. 너무 억울하지? 그런 안타까운 사람을 괴롭힌 게 피고인이거든!' 그 프레임을 깨려면, 수사기관이 초동수사를 잘못해서 이렇게 힘든 상황이 만들어졌다. 기본 방향을 이렇게 잡아야겠죠."

그렇다. 화살을 수사기관에 돌리는 것이 내가 잡은 방향이었다. 하지만 김성훈 변호사의 표정이 묘하게 굳는다.

"초동수사 실패가 진짜 문제긴 했어. 근데 피고인이 고소인을 괴롭히다니. 피고인이 제기한 의혹이 허위인지 진실인지 사실 아무도 모르는 거잖아?"

"헐. 오빠!!! 무죄 추정의 원칙도 몰라요?! 만약에 미망인이 죽인 것도 아닌데 계속 의혹 제기하는 것도 너무 끔찍하지 않나요?!"

"야! 내가 언제 미망인이 죽였다고 했어?"

"아 씨, 나 안 해!"

"너 방금 뭐라고 했어? 말 가려서 해!"

성훈 '오빠'가 아닌 김성훈 '변호사'의 언성이 높아지고, 결국 나는 울음을 터뜨렸다.

"참나. 형! 이게 뭐라고 이렇게까지 애를 울릴 일이에요? 야! 내가 지금 몸 둘 바를 모르겠다. 울지 말고, 변론 방향을 잡고 설득 해야지. 지금 재판 얼마나 남았다고 이렇게 서로…. 못 살겠다."

김민호 변호사가 나에게 손수건을 건네며 중재하려고 했지만, 나는 엄마한테 칭찬받을 생각에 설레다가 생각지도 못한 '버럭' 에 놀란 아이처럼 더 크게 울었다. 어린아이처럼 꺼이꺼이 울었 던 그때, 내 나이 41살이었다.


배심원을 설득할 문장을 만들고 고치며 밤새도록 먹은 과자 부 스러기가 아직도 입가에 잔뜩 남아 있는데, 이렇게까지 날을 세 우는 김성훈 변호사의 말에 머리가 멍해질 무렵, 임성호 변호사 가 날 선 분위기에서 한마디 거들었다.

"민경이가 쓴 모두진술 이거 좋은데요?"

임성호 변호사와 기록을 검토할 때, '국민참여재판은 갬성'이라 며 미리 세뇌한 덕분일까? 내 의견에 힘을 실어 줬고, 나의 강력 한 주장대로 변론을 준비할 수 있었다. 물론 그에 따른 결과 책임 도 내 몫이라는 생각에 더욱 마음은 무거워졌다.


## 국참 D-day 아닌 D-days? — 시작부터 길었던 재판

재판 날 아침. 배심원 선정 절차에서부터 긴장감이 흘렀다. 그 리고 배심원 선정 절차를 알면 여러분도 긴장하게 될 것이다. 저 힘든 일을 내가 할 수도 있구나 싶을 테니.

* 배심원 선정은 해당 법원이 관할 내 배심원 후보 예정자 명부에서 만 20세 이상의 국민을 무작위로 추출하여 배심원 선정기일을 통지하고, 선정기일에 출석한 배심원 후보자에게 먼저 재판장이 결격사유, 제척사유 등을 판단하여 배제한 후, 남은 후보자에게 검사와 변호인이 질문하여 배심원 후보자의 성향을 파악하고, 이 과정에서 검사와 변호인은 '무이유부 기피' 신청을 할 수 있다. 무이유부 기피 신청을 받은 후보자를 배심원에서 제외한 뒤, 최종적으로 필요한 수의 배심원과 예비 배심원을 선정하면 그 절차가 종료되고, 선정된 배심원들이 재판에 참여하게 된다.

이 어려운 걸 왜 이렇게 설명하는지 궁금할 것이다. 바로 '무이유부 기피' 카드는 검사와 변호인 각 4장이며 무이유부 기피를 어떻게 할지 검사와 치열하게 눈치 싸움을 하기 때문이다. 즉, 검사나 변호인 모두 자신에게 유리하다고 생각되는 사람을 한 명이라도 더 포함하기 위해 눈치 게임을 한다. 배심원의 구성은 당연히 재판 결과에 큰 영향을 미친다. 나는 눈치 싸움을 위해 최종적으로 선정된 배심원을 보았다. 사람의 얼굴을 본다는 건, 공판정에서 중요한 일이다. 배심원들의 눈동자에서 '피곤'과 '집중'의 경계를 읽어낸다면 그 틈을 논리로 비집고 들어가 설득할 수 있기 때문이다.

잠시 후 재판부가 절차를 설명했다. 이 재판은 이틀 동안 모든 걸 끝낼 거라고. 그럴 줄 알았다. 하루가 아닌 '이틀'이다. 선고까지는 '사흘'이었지만. 이게 법원의 시간이다. 우리 변호인 4명은 순간 입을 꼭 다물었다. 그렇게 법정 밖과는 시간이 다르게 흐르는 공판정의 하루가 시작됐다.

"피고인은 위와 같이 허위사실을 적시하여 공연히 피해자의 명예를 훼손하였고, 피해자를 모욕하였습니다."

검사의 모두진술은 또렷했다. 검사는 '이보다 더 쉽게 잘 설명할 수 있을까'라는 생각이 들 정도로, 법에 대해 잘 모르는 배심원들을 상대로 준비해 온 것을 잘 풀어놓았다. 하지만 배심원의 자세는 제각각이다. 열심히 필기하며 듣는 배심원도 있었고, 벌써 지루해 보이는 배심원도 있었다.

검사와 동일한 내용으로 지루한 법리를 풀어낼 거라는 배심원의 짐작과는 달리, 내가 준비한 모두진술은 아침드라마처럼 시작되었다.

"배심원 여러분. 저는 오늘 여러분과 함께 시간여행을 떠나볼까 합니다. 1995년 늦가을 여러분은 무엇을 하고 있었나요? 우리는 지금, MBC 방송국에 기자 원서를 낸 한 남자를 따라가 보려고 합니다."

이 한마디에 졸고 있던 배심원이 자세를 고쳐 앉는다.

1995년 MBC 뉴스데스크 마지막에 신입 방송기자 명단을 보고 기뻐하던 신입 기자의 고군분투 취재기. 1996년 1월 6일 새벽 유명 가수의 죽음, 한발 늦은 취재로 혼쭐난 신입 기자의 카메라 앵글에 들어온 유가족의 모습. 바로 그 신입 기자가 이 사건 피고인이었다. 그렇게 고인의 가족과 20년 이상 교류하며 수집해 온 자료를 보관해 오던 중, 고인의 딸마저 사망했다는 소식을 듣고 발 벗고 나선 사정을 풀어놓았다.

"진실한 사실인지 거짓말인지 불명확한 경우에, 이것을 거짓말이라고 단정할 수 있을까요? 그렇지 않습니다. 명백한 거짓말이라는 것에 대한 증명은 검사의 몫입니다."

"피고인이 기자로서, 유명 가수의 죽음에 대해 의문을 가질만한 이유가 있는지, 피고인이 가수의 아내를 오로지 비방할 목적으로 기사를 게재한 것인지, 공소사실의 표현이 고소인을 직접 지칭한 것인지, 그리고 고소인을 모욕하기 위해 한 표현인지 여부를 집중하여 바라봐 주시기를 바랍니다. 구체적인 내용은 향후 재판에서 이어지는 증거조사 및 변론 과정에서 상세히 말씀드리겠습니다."

### 법은 넘치는 것보다 모자란 것이 나을 때가 있다

증거조사. 검사는 7천 쪽을 화면에 띄우며 문장 하나하나를 읽어 내려갔다. 나도 똑같이 하면 진다. 그래서 일부만 뽑아 '맥락'을 보여 줬다. 영화는 70%만 틀었다. 불리해 보일 수 있는 장면도 숨기지 않았다. 맥락이 공익을 삼킨다는 걸 믿었기 때문이다.

영화 상영이 끝나고 검사는 다섯 쟁점을 세웠다. 증거조사 단계에서 본격적인 변호인단의 변론도 진행됐다. 김민호 변호사가 함께 준비한 대본을 변호인단 책상에 던져 놓고 맨손으로 뚜벅뚜벅 걸어 나가서 마이크를 잡더니 배심원을 뚫어지게 바라보며 변론을 시작했다. 배심원들에게 이 사건의 큰 그림을 그려 주며, "이 재판은 한 기자의 명예훼손 여부를 다투는 동시에, 우리 사회에서 언론이 어디까지 진실을 쫓을 수 있는가를 가르는 중요한 분수령입니다."라며 운을 뗐다.

그리고 나서는 줄곧 언급했던 초동수사부터 잡아당겼다. 진실은 때로 첫 단추에서 어긋난다. 단추가 비뚤면, 셔츠는 끝까지 삐딱하다. 이 재판의 배심원에게 내가 가장 먼저 보여 주고 싶었던 건 바로 그 첫 단추였다. "현장 보존은 했는가? 기본 감식은 했는가?"라는, 너무 기본적이라서 오히려 자주 잊히는 질문들을 끄집어냈다.


재판장이 못마땅한 표정으로 묻는다.

"변호인, 초동수사 부실을 왜 자꾸 이 사건에 연결합니까?"

차분하지만 날카롭게 받아친다.

"피고인의 표현이 '단정'이었는지, '문제 제기'였는지 보려면, 그가 왜 의혹을 뒀는지부터 보아야 합니다. 초동수사에서 기본이 빠졌습니다. 그 빈칸을 향해 질문한 겁니다."

변호인의 답변에, 날카로운 목소리로 검사가 반박한다.

"그래도 고인의 사망 사건에 대한 수사는 광범위했고 면밀하게 이루어졌습니다."

기다렸다는 듯 김민호 변호사는 방대한 이 사건 기록을 손가락

으로 가리킨 후 얇은 변사 기록을 획 하고 들어 보였다. "명예훼
손 수사 기록은 보는 것처럼 이렇게 두껍습니다. 하지만 정작 손
에 든 변사 기록은 이렇게 얇습니다. 만약 그때 이만큼만 했어도,
오늘 여기까지 오지 않았을지 모릅니다."

배심원들이 고개를 끄덕인다. '여기 오지 않았을지 모른다.'라
는 말에 대한 격한 공감일 수 있다. 아무튼 물리적 대비를 보여
주는 건, 때로 어떤 법리보다 직관적이다.

### 창과 방패의 대결? 그런 건 없다. 논리의 싸움일 뿐

하지만 배심원들은 검사의 논리에도 고개를 연신 끄덕였다. 법
원의 시간상 첫날, 검사의 마지막 공격은 정말 강력했다. 우리는
당황하기 시작했다. 그런데, 변호인석 가장 왼쪽에 앉은 임성호
변호사가 재빠르게 움직였다. 그는 검사의 주장을 반박하기 위해
기록의 어느 부분에 무슨 내용이 있는지 AI보다 정확하게 기억하
여 기록에 열심히 표시하고, 메모를 건넸다.

메모를 받은 김민호 변호사가 머릿속이 정리된 듯 "민경아, 내
가 나가서 해볼게."라고 하며 배심원 앞에 섰다.

"제가 저기 앉아 있는 김민경 변호사를… 가정해 보겠습니다."
뭔가 가정하는 것이 나를 살해하는 내용 같은데, 피식 웃음이 났
다. 우리끼리 했던 말이었다. '만약 자살이 아니라면?'이라는 질
문으로 우리끼리 소설을 써도 여러 권을 썼고, 그중 꽤 잘 쓴 내
용을 꺼내 들고 배심원을 설득했다.

그때 나온 이야기를, 열려 있는 여러 가능성 중 하나의 '가정'으로 보여 준 것인데, 배심원들의 눈빛이 빛나고, 변호인단을 바라보는 시선이 다시 부드러워졌다.

첫날 재판이 그렇게 마무리되고, 우리는 전략의 상당 부분 수정하면서 밤을 새웠다. 그리고 잠시 집으로 돌아온 나는 짧은 시간이지만 씻고 차려입고 집을 나섰다. 혹시나 배심원의 호감도가 낮아지지나 않을지 걱정이 됐기 때문이다. 말하는 게 중요한 듯 보이는 변호사, 실제론 보이는 게 중요한 직업이다. 그렇게 이틀째 재판이 시작되었다.

### 속내를 알 수 없는 배심원단과 5개의 쟁점

이틀날 전투의 서막을 알린 건 거짓말 탐지 쟁점이었다. 먼저 검사가 파고들었다.

"거짓말 탐지를 담당하는 심리분석실에 따르면 영상 분석을 하지 않습니다. 그리고 당시 홍○○ 검사가 탐지 절차를 한 적이 없다고 분명히 하였음에도 피고인은 허위사실을 근거로 피해자를 의심하였습니다."

이번에는 우리 쪽 김성훈 변호사가 마이크를 잡았다.

"배심원 여러분, '거짓말 탐지'는 이 사건의 유죄·무죄를 가르는 칼이 아닙니다. 피고인이 거짓말 탐지 조사를 검찰에 의뢰한 사실이 있음에도, 20여 년 전 의뢰한 사실 자체를 피고인이 명쾌하게 증명해 내지 못한다고 해서, 그 사실이 거짓이 됩니까? 수사관도 아닌 일반인인 피고인이 의뢰한 사실이 없었다면 그 당시 대검찰청에 영상과 음성을 분석하는 부서가 있는지 어떻게 알았겠습니까?"

김성훈 변호사의 목소리가 점점 높아지고 있었다. 그리고 재판장의 중재,

"양쪽, 그만. 이 쟁점은 여기까지 하면 되겠습니다."


저작권 쟁점을 두고 양측은 더 날카로웠다.

"피고인은 피해자가 저작권을 빼앗았다고 말했다."라는 검사의 주장에, 나는 "피고인은, 고소인이 저작권 소송에서 이기고 합법적으로 저작권을 얻었다는 사실 자체를 부정하는 것이 아닙니다."라고 맞섰다. 그리고 배심원을 바라보며 말을 이었다.

"이런 예를 들어 죄송합니다만, 만약 독도 문제가 국제사법재판소에서 우리가 받아들일 수 없는 판결을 받는다고 가정해 보겠습니다. 자, 이 경우에 판결을 받았으니 우리 땅을 넘겨주어야 한다고 생각할까요? 누구나 빼앗긴다, 도둑맞았다는 표현을 쓸 수밖에 없을 것입니다."

나는 숨을 고르고, 배심원의 반응을 보았다. 그렇게 집중한 배심원에게 침묵을 깨고 말을 꺼냈다.

"고인의 유족들도 같은 입장 아닐까요."

순간 배심원석 일부가 메모를 멈추고 얼굴을 들었다. 그 작은

반응이 변호사에게는 큰 신호다. 우리의 변론 전략이 잘 작동하고 있다는 방증이기도 했다.

그리고 이어진 영아 살해 쟁점. 단어만으로도 숨이 막힌다. 그래서 천천히, 아주 천천히 설명했다. 기록을 토대로 설명을 이어 가는데, 갑자기 현기증이 왔다. 이틀째 재판이 시작되고 혼자 몇 시간을 서서 설명했더니 목소리에 힘이 없어지기 시작하고, 입에서 침이 마르기 시작했다.

때마침 재판장의 "잠깐 쉬었다가 할까요?"라는 말은 구원과 같았다.

김민호 변호사는 "민경아, 수고했다. 이제 내가 나가서 증거조사 절차 마무리할게."라고 하며, 마이크를 받아 변론을 이어 갔다.

"그렇습니다. 말은 상처가 됩니다. 그러나 법은 상처 자체가 아니라 '허위의 사실'과 '비방의 목적'을 요건으로 삼습니다."

기소 논리와 변론이 부딪히며 법정에 보이지 않는 불꽃이 튀었다. 우리는 마치 릴레이 경주를 하듯이, 각자 준비한 구간에서 바통을 이어받아 뛰는 듯이 변론을 이어 갔다. 하지만 우리는 재판 내내 고소인을 전혀 적대시하지 않았고, 자극하는 발언은 더더욱 삼갔다. 어디까지나 피고인인 기자의 표현에 대한 법적 판단만이 이 재판의 쟁점임을 분명히 해야 했기 때문이었다. 그럼에도 빈 증인석이 풍기는 묵직한 함의는 배심원들뿐 아니라 우리 모두 느끼고 있었다. 1심과 2심 내내 건강을 이유로 법정에 나오지 않아 증인신문이 무산된 것도 사실이었기 때문이다. 검사는 피고인의 행위로 고통받은 고소인의 입장을 상기시키고, 이미 민사 손해배상 소송에서 피고인이 완전히 패했음을 강조하면서, 내내 고소인의 상처받은 마음을 '피고인에 대한 유죄 판결'로써 보듬어 줘야 한다는 듯 이야기했지만, 정작 핵심 당사자인 아내는 끝내 법정에 모습을 드러내지 않았다.

법정 밖에는 해가 넘어가고 있었다. 모욕 쟁점은 마지막에 다뤘다. 마지막 쟁점인 만큼 나도 쥐어짜서 힘을 냈다.

"만약 여러분이 SNS에 허위의 사실을 기재하였습니다. 이것이 타인에게 마음의 상처를 주었다면 여러분은 민사상 손해배상 책임을 부담합니다. 그러나 여러분이 타인을 비방할 목적이 없었다면, 정보통신망법위반(명예훼손)죄는 성립하지 않습니다. 즉, 형사 범죄가 인정되기 위해서는 범죄의 고의나 목적이 필요하고, 각 범죄가 요구하는 엄격한 구성요건이 모두 충족되어야 합니다."

그렇게 모욕할 의사가 없었다는 주장으로 마무리됐다.

하지만, 더 큰 산이 남아 있었다. 증거조사 절차를 마치고, 피고인신문이 시작되자, 검사는 기다렸다는 듯이 피고인을 압박하였다.

"피고인은 사실상 살해를 주장한 거 아닙니까?"

피고인이 답했다.

"그렇게 단정한 적 없습니다. 재수사를 요구했고, '의혹'을 설명했습니다."

검사의 날이 선 질문과 피고인의 답변이 오간 후, 마지막으로 재판부에서 배석 판사의 질문이 이어졌다.

"이 자리에 선 지금도 피고인은 고소인이 고인을 살해하였다고 생각하나요?"

그날 그 국민참여재판을 진행되던 자리에 있던 재판부, 검사, 변호인 그리고 배심원들이 가장 궁금한 부분이었으리라.

피고인은 조심스럽게 답했다.

"저도 정말 궁금합니다. 초동수사 실패로 고인의 유가족은 긴 시간 고통받았습니다. 그래서 제가 ㄱ 자로서 수집한 자료를 제시하며 재수사를 요구한 것입니다."

그 시각 그 법정, 같은 자리에 이들이 모여 있었던 근본적인 원인, 피고인이 긴 시간 의혹을 제기한 원인이 바로 '수사기관의 초동수사 실패'에 있다. 사실 초동수사가 제대로 이루어졌다면 고소인이 긴 시간 의심을 받으며 고통받을 아무런 이유가 없었을 것이기도 하다. 이후 최후변론을 앞두고 나는 피고인에게 짧게 물었다.

"오늘 꼭 하고 싶은 말이 있나요?"

피고인은 잠시 침묵했다.

"다시 묻고 싶었습니다. 그날의 기록과 지금의 사실 사이에 놓인 빈칸을요.”

그 대답이면 충분했다. 변호사로서 내가 할 일은 그 빈칸이 ‘질문’이었음을 법정에 남기는 것뿐이었다.


### 이 밤의 끝을 잡는 국민참여재판

재판의 열기는 더해 갔고 밤이 깊어졌다. ‘하루 재판’은 달력으로 2일을 꽉 채워 가고 있었다. 드디어 시작된 최후변론에서, 나는 다시 처음 문장을 꺼냈다.

“저는 배심원단 여러분과 함께 신입 병아리 기자의 발자취를 함께 따라가 보았습니다.”

그리고 조심스럽게 가족이 변사체로 발견된 후 남은 가족이 힘들고 비참한 시간을 보낼 수밖에 없었던 사연을 꺼냈다. 누구든 억울함을 호소하는 사람이 있다면 그걸 들어줄 사람도 있어야 한다는 걸 강조했다. 그리고 준비한 마지막 문장을 또박또박 읊었다.

“지금까지 피고인과 변호인의 주장을 종합하여, 이 사건 공소 사실을 모두 무죄로 판단하여 주시기를 바랍니다.”


그렇게 최후변론을 마무리하니, 재판이 모두 끝났다. 이제 배심원들의 평의 시간만이 남아 있었다. 재판장이 남은 절차를 설명하고 재판부와 배심원단이 법정을 비우자, 나는 그제야 손이 땀으로 흥건해져 있음을 알아차렸다. 이상호 기자가 옆에서 “정말

고생하셨습니다."라고 속삭였고, 나와 동료들은 고개를 젖고는 긴 숨을 내뱉었다. "이제 기다리는 것만 남았네요." 내 말에 피고인도 잔뜩 긴장하고 있던 표정을 풀고는 천천히 눈을 감고 길게 숨을 내쉬었다.


## 결과 – 만장일치, 그리고 그 뜻

배심원은 사람, 증거는 산이었다. 사람 보라고 산을 옮기느라 다리도 무거워졌는지 구두 안에 피가 흥건하게 맺혀 있었다. '아, 이게 변론의 물리학이구나.' 몸으로 하는 직업. 말은 두뇌가 떠올리고 입이 하지만, 이 재판은 발가락이 마무리했다. 그렇게 통증도 느끼지 못할 정도로 길고 긴 하루, 아니 이틀이 완전히 끝난 것은 새벽녘이었다. 그리고 가장 중요한 선고 결과는 배심원 만장일치 무죄였다.

재판부는 배심원의 판단을 존중했다. 국민참여재판이 민주주의의 통로로 설계된 제도라는 점, 배심원이 전 과정에 참여해 심사숙고한 결론은 더 존중해야 한다는 대법원판결의 취지가 뒤를 받쳤다. 순간, 법정의 소음이 멀어졌다. 승리감이라기보다, 긴 줄을 조심스레 풀어낸 느낌이었다. 나는 신발을 다시 신는 기분으로 법정을 나왔다. 새벽 공기가 차가웠다.

법정 밖에서 피고인이 말했다. "고맙습니다."

나는 웃으며 답했다. "앞으로도 질문 계속하고 다니실 거죠? 기자로서."

고개를 끄덕이는 피고인. '질문', 그게 이 재판의 핵심이었으니까. 단정이 아니라 질문. 비방이 아니라 공익. 감정의 상처를 이해하되, 형사처벌의 문턱은 높다는 것이 핵심이었다.

국민참여재판, 해 보면 안다. '하루'가 얼마나 긴지.

교과서에는 짧게 쓰여 있다. "국민참여재판은 하루에 모든 절차를 마친다."

하지만 국민참여재판의 현실 문장은 길다. '배심원 선정–증거조사–피고인신문–최후변론–평의–평결–선고… 가끔 새벽.'

이 사건은 예외적으로 3일이었고, 그만큼 실체 심리가 충실했다. 검사는 화면에 7천 쪽을 펼쳤고, 우리는 7천 쪽에서 '맥락'만 골라냈다. 서로 다른 전략을 갖고 같은 링에 오른 복서 같았다. 경기가 끝나면 양쪽 다 기진맥진이었다. 모든 재판이 그렇지만 특히 명예훼손 재판은 늘 두 가치를 맞댄다. 표현의 자유와 인간의 존엄. 한쪽만 세게 밀면 재판이 기운다. 이 사건에서 우리가 지킨 건 '의혹을 말할 권리'였다. 민사에서의 손해배상과 형사처벌은 판의 규칙이 다르다. 형사는 더 엄격하다. 그래서 '단정'이 아니라 '질문'으로 남은 표현을 처벌할 수는 없다. 그리고 세상을 떠들썩하게 했던 재판이 끝난 그날 새벽, 나의 힐과 발가락에 선언했다. 로펌을 떠나기로.

물론 이 사건이 결정적인 계기는 아니었다. 다만, 로펌을 떠나 법원 소속의 국선전담변호사가 되어야겠다는 마음에 확신을 준 사건이었을 뿐. 결정적인 계기는 뒤에서 자세히 이야기하겠지만, 어떻게 보면 이 재판도 나를 '사선에서 국선으로' 조금 더 밀었다고도 볼 수 있다. 법정 뒤쪽 방청석에서, 이름이 오르내릴 때마다 불안한 표정을 짓는 이들을 보며, 그들에겐 질문을 법의 언어로 번역해 주는 사람이 필요하며, 그게 내가 할 일이라고 생각했던 것 같다.

# 물속 27초의 공백,
# 다이버 사망 사건

### 프롤로그 − 스쿠버 다이빙 강사 출신 변호사를 찾아온 사건

점심 식사로 사 온 삼각김밥을 베어 무는 순간 울린 전화, 내가 대학교 1학년 시절 스쿠버 다이빙을 시작하며 알게 된 서귀포 다이빙숍(Diving shop) 사장님의 전화였다.

"아저씨, 잘 지내시죠? 갑자기 무슨 일로?"

"김변, 잘 지내재? 단도직입적으로 얘기할게. 내가 아니라 민호 강사 알재? 니랑 동갑 친구. 니가 좀 도와줘라."

민호가 누구더라, 사람 이름을 잘 기억하는 편인데 얼굴이 떠오르지 않는다.

"민호가 누구죠?" 대뜸 답하는 아저씨.

"아, 전에 문섬에서 봤잖아. 그 친구 좀 도와줘라. 이거는 김변

니만 할 수 있다.”

나만 할 수 있는 건 아니지만, 내가 잘할 수 있는 사건임은 분명했다. 나는 대학교 1학년 때부터 대학 스킨스쿠버 동아리에서 스쿠버 다이빙을 했고, 강사 자격까지 취득했다. 겨울방학마다 제주도 서귀포에 묵으며 다이빙했는데, 그때마다 함께 다이빙했던 단골 숍 사장님의 전화였다. 그리고 대학 시절 배고픈 대학팀에게 마음껏 스쿠버 다이빙할 기회를 주신 사장님의 부탁은 변호사가 된 이후에도 거절할 수 없었다.

그런데 무슨 일로 주민호 강사가 곤란한 것일까? 그리고 명확하게 나만 할 수 있는 일이 무엇일까? 혹시나 하는 생각이 스쳐 간다. 나는 조심스레 물었다.

“무슨 일인데요? 다이빙하다가 누가…. 죽었어요?”

“…….”

아차차, 설마 했는데. 긴 침묵은 곧 긍정이다. 아니길 바랐던 그 생각이 현실이 된 모양이었다. 나는 반쯤 남겨진 삼각김밥을 뒤로하고 볼펜을 꺼내 들었다.

“주 강사가 사망자인가요? 아니면 피의자인가요?”

“인솔 강사다. 피의자야.”

**사건개요** ————————————————————

2021년 여름 동해의 한 다이빙 포인트. 채동석(가명) 씨는 물속에서 어드밴스 오픈워터 다이버 자격 취득 과정 교육을 받는 중 사라졌다. 강사 주민호(가명) 씨는 매뉴얼을 지켜 구조에 나섰지

## 시작은 '다이빙의 언어'를 읽는 것이었다

관할 경찰서로 전화를 걸어 변호인 선임 사실을 알리며 나의 고민이 커졌다. '강사인 주 씨의 변론을 어떻게 할 것인가?'보다, 바다의 문장을 법의 문장으로 어떻게 바꿔 놓아야 하나 고민이 됐다. 대학 시절부터 27년간 물속에서 가르치고, 끌어올리고, 놓쳐 봤다. 스쿠버 다이빙 강사 자격을 갖고 있고, 그걸 따는 과정에서, 그리고 그 이후에도 수없이 바다에 뛰어들었다. 하지만 부력·질소·시야·상승 속도 같은 다이빙의 언어는 그 상황이 아니면 이해하기 어렵다. 이 때문인지 팩스로 건네받은 자료 곳곳에 여백이 보였다.

일단 주 강사를 불렀다. 내 기억으로는 매우 건장한 친구였는데, 마음고생이 심했는지 수척한 상태로 사무실로 찾아왔다.

"그러면 총 8명이 다이빙을 진행한 거네."

나는 천천히 사실관계부터 확인했다. 경황이 없어 횡설수설하는 주 강사를 진정시킨 후, 시간 순서대로 다이빙 매뉴얼에 따라

차근차근 사건 당일 상황을 확인했다.

"응…. 돌아가신 분과 그 아내, 그리고 4명의 교육생이 더 있었고 나랑 내 아내 강사까지 같이 갔어."

"그런데 채 씨를 미싱(missing)했고."

"너도 알지? 아 그날 시야가 진짜 안 좋았어. 그래서 다들 하강 라인 잘 잡고 내려갔거든. 분명 내려가는 걸 확인했을 때 사람 수가 맞았는데, 하강해서 바닥에 도착해 보니 1명이 없는 거야. 그래서 다시 다 올려보내고, 올라와서 다시 봐도 없더라고. 그래서 나는 다시 내려가서 찾기 시작했어."

깊은 자책감에 고개를 떨군 채 주 강사는 말을 이어 갔다.


다시 떠올리는 게 괴롭겠지만 나는 끊임없이 당시 상황을 그릴 수 있는 질문을 던졌고, 마치 내가 현장에 함께 있었던 것처럼 그날 있었던 일을 구체화했다. 바다는 항상 '혹시'라는 단서를 달고 말을 꺼내게 만들기 때문이리라. 사건을 정리하면서 다시 물었다.

"다시 들어가서 채 씨를 찾아 수면으로 올려 CPR을 했지만, 결국 사망했다는 거지?"

말없이 고개를 끄덕인다.


내가 스쿠버 다이빙을 좋아하고 즐겨 하지만, 그것은 이 사건과 별개일 뿐이다. 내게 복잡하고 어려운 다이빙 용어를 풀어서 설명해 주지 않아도 된다는 것뿐이지, 남아 있는 몇 개의 체크 리스

트와, 수많은 질문, 중간중간 이어지는 짧은 숨, 그리고 사람들의
이야기를 듣고 판단해야 하는 건 여느 사건과 마찬가지다.

　주 강사의 피의자신문이 있던 날, 나도 함께 동해로 향했다. 다
소 경직된 표정으로 나와 피의자 주 강사를 맞이한 수사관은 조
사가 시작되자 사망 사건의 무게만큼 진지했고, 수사관의 질문과
피의자의 답변은 모두 조심스러웠다.


### 사건의 얼개 – 하강, 놓침, 그리고 다시 올려보내는 일

　스쿠버 다이빙 초급 과정에선 마치 아장아장 걷는 아기와 함께
길을 걷듯 강사가 손 뻗으면 닿는 곳에 강습생을 둔다. 하지만 초
급 과정을 지나면, 다이버가 스스로 부력을 완전하게 조절하고
물속에서 방향을 찾고 이동하는 것이 곧 교육의 일부가 된다. 자
전거를 배우는 과정과 비슷하다. '스스로 숨을 세고, 스스로 방향
을 정하고, 스스로 돌아오기.' 바다는 아이에게 자전거를 내주는
부모처럼 우리에게 자립을 요구한다. 사망한 채 씨는 뒤에서 누
가 막 손을 놓은 자전거에 탄 것이나 마찬가지였다. 막 중급으로
올라가는 단계였기 때문이다.

　피의자 주 씨는 수사관을 보며 떨리는 목소리로 말했다.
　"저는 맨 아래에서 위를 보며 숫자를 셌어요. 손가락으로 일곱,
모두 '오케이' 수신호를 했고요. 그다음이 문제였죠. 주변을 살피
고 다시 본 그 순간, 숫자는 여섯이 됐습니다."

"그날, 물속에서 주변을 살핀 이유가 있었습니까?"

"방향을 한 번 더 확인하려고요. 내려가니 시야가 더 안 좋았어요. 정말 잠깐이었는데… 그 사이에."

"그 사이에." 나는 그 말을 되뇌었다. 바다에서는 모든 일이 '그 사이에' 일어난다. 숨과 숨 사이, 잠깐 고개를 돌리는 사이, 손이 스치는 사이.

조사 중 망자의 아내인 한(가명) 씨에게도 전화를 걸었다. 변호인임을 밝히고 질문하자 짧은 침묵 끝에 이렇게 말했다.

"남편은 저랑 같이 다이빙하는 걸 좋아했고 무척이나 저랑 같이 다이빙하고 싶어 했어요. 실은… 남편 집안에 심장병을 앓은 분이 있는데, 본인은 괜찮다고 해서. 그렇게…."

알고 보니 사망한 채 씨는 다이빙 전날 음주했지만—주 강사는 과음한 다음 날 다이빙을 허락하지 않을 것임이 자명하여—그 사실을 함구하였고, 아내와 함께 다이빙하고 싶은 마음에 심장질환이 있음에도 자신의 건강 상태를 언급하지 않았다. 이게 뭐 대단한 문제냐고? 당연히 큰 문제가 된다. 하지만 이미 사망한 사람이 잘못했다는 식의 프레임보다는 그런게도 강사는 적절하게 대응했다는 걸 보여 주는 쪽으로 방향을 잡았다.


**손을 놓는 법을 가르치면서 손을 놓치지 않는 법**

법의 질문은 간단했다. "강사는 해야 할 일을 했는가?"

나는 그에게 손을 천천히 놓는 연습을 충실히 했는가를 물어봐야 했다. 사건이 일어난 해안 도시로 향하면서 나는 스쿠버 다이빙 강사로서 내가 수강생을 가르칠 때 확인하는 표준 절차를 하나씩 되뇌었다. 교육은 대체로 이렇게 흘러간다. 물 밖에서 충분히 이야기하고(어디까지 갈지, 언제 돌아올지, 불편하면 손을 들어 달라), 물가에서 한 번 더 점검하고(숨은 괜찮은지, 장비는 편한지), 물속에서는 서로를 잊지 않는다. 시야가 흐릴수록 사람과 사람 사이의 거리는 짧아진다. 이 기본만 지키면, 바다는 우리를 편하게 육지로 돌려보내 준다. "괜히 겁먹었네." 하고 웃으며 올라오게 해 준다.

무단횡단을 할 때마다 교통사고가 나지는 않는 것과 마찬가지로, 바다도 우리에게 약간의 일탈을 허용한다. 그러나 반복적인 일탈에도 무탈하면 원칙을 지키고자 하는 마음이 무뎌진다. 무단횡단이 반복되면 사고 확률이 높아지고, 바다에서의 사고는 곧 죽음을 의미할 뿐이다.


나와 마주 앉은 주민호 강사는 그날 원칙을 지켰다고 이야기했다.

"하강 줄에서 멀어지지 않았고, 1명 사라짐이 확인되자마자 바로 수면으로 올라가자고 수신호를 했어."

"다른 일행은?"

"일행의 공기를 확인한 뒤, 가장 여유가 있는 사람이 다시 내려갔어. 위에서도 계속 확인하고, 아래에서도 수색했지. 이 모든 과정이 꽤 빠르게 진행됐거든. 건성으로 하지 않았어. 빠르게 구석

구석 살폈지.”

만약 ‘찰나의 고개 돌림’ 자체를 과실이라고 부르면, 바다는 누구에게나 유죄를 선고할 것이다. 나도 1,700회 이상의 다이빙을 하며 수백 번 유죄를 받았으리라. 우리는 수백 번 고개를 들고 내리고 돌리며 배운다. 중요한 건 ‘그다음’이다. 그리고 그다음, 주 강사는 정해진 대로 움직였다.

담당 수사관도 같은 의견이었다.

“교육 매뉴얼과 비교할 때 진행에는 문제가 없었더라고요. 다이브 컴퓨터에 기록된 것을 보니까 수면 상승 속도도 적절했고요. 인솔 과정에서 특별히 잘못된 부분은 발견되지 않았습니다.”

그 말은 곧, 누군가가 마구 달리지 않았다는 뜻이다. 다급한 발자국이 없다면, 누군가 제때 멈추었거나, 제때 도착했다는 뜻이 된다.


## 보지 못한 것들 – 부검, 그리고 공백

그렇다면 다급한 발자국을 남기지 않았던 채 씨의 몸에는 어떤 변화가 생겼던 것일까? 부검을 통해 확인하려 했지만, 유족이 반대했다. 아내인 한 씨에게는 발언권이 없었다. 아내를 제외한 나머지 유족은 ‘부검’이라는 단어에 격렬하게 반대하고 절규했다. 죽은 가족의 몸에 손을 대는 일을 하고 싶지 않았을 것이다. 그런 경우엔 수사기관은 그 선택을 존중해야 한다. 누군가의 마지막을 열어 보는 일은 전적으로 유가족의 몫이다.

수사관도 나와 비슷한 의견으로 이야기했다.

"사인을 단정하기는 어렵습니다. 조사 결과 장비에는 아무런 이상이 없었고, 사망자의 다이브 컴퓨터 기록을 봐도 하강이나 상승 속도에서 문제가 있거나 당황한 흔적은 없었습니다. 심장마비로 인한 사망 가능성도 배제할 수는 없을 것으로 보입니다만… 부검하지 않았기 때문에 어디까지나 모든 가능성은 열어 두고 수사 중입니다."

가능성. 형사 절차에서 이 단어는 거의 멈춤 표시와 같다. '가능성'이 아무리 높아도, '입증'이 없으면 법적 책임은 물을 수 없다. 결국 결론은 조용히 내려졌다. 불송치 결정. 물론, 누구나 이런 결정에 동의하는 것은 아니었다. 유족 중 일부는 결과를 받아들이지 못하는 분위기였다. 누군가 이 죽음에 책임을 져야 한다고 믿는 것 같았다. 하지만 10년 넘게 형사 사건을 맡아 오면서 알게 된 사실이 있다. 꼭 자살이 아니더라도 누군가의 형사법적 책임이 없는 죽음도 발생한다는 것.

### 다이빙 버디인 아내의 판단, "누구의 잘못도 아닌 사고"

며칠 후, 사망한 채 씨의 아내인 한 씨를 만나 처벌불원서를 받았다.

"누구의 잘못도 아닌 사고였습니다. 강사님은 해야 할 일을 다 했습니다. 사고 당일에도요."

그날 같이 다이빙했던 아내 한 씨는 차분하게 이야길 했다. 나를 직접 만나기를 청했던 그녀로부터 건네받은 그 종이를 오래 쥐고 있었다. 유가족의 문장은 항상 살아 있는 사람을 향한다. 때로는 분노로, 때로는 절망으로, 드물게는 합리적 관용으로. 한 씨의 문장은 그 드문 경우였다. 그리고 수사기관도 나도 그 의견을 받아들였다고 생각했다.

사망자의 아내와 만났던 그날 밤. 의견서를 쓰면서 나는 수사관에게 다시 전화를 걸었다. 스쿠버 다이빙 강사로서 꼭 확인할 게 있었기 때문이었다.

"피의자가 피해자를 놓친 시간은 얼마나 될까요?"

"피의자와 피해자의 다이브 컴퓨터 기록을 보면, 입수 후 하강해서 포인트에는 함께 도달했고, 27초 정도 대기하다가 피해자가 상승한 것으로 봐서 피의자가 수중 이동을 위해 주위를 둘러보던 순간은 길어도 30초 내외인 것 같습니다."

"30초 사이에 놓치고, 피해자의 숨이 바뀌었겠군요."

"그랬을 겁니다. 물은, 작은 변화에도 크게 반응하니까요."

나는 수화기를 내려놓고 문장 하나를 고쳤다. '당황'이라는 낱말을 '변화'로 바꾸었다. 다이버에게 숨은 음악이고, 음악은 작은 쉼표 하나로도 분위기를 바꾼다. 그 쉼표를 이해하지 못하면, 누군가의 마지막 박자를 놓친다.

사건은 다행히 재판으로 가지 않았다. 불송치라는 단어가 "여기까지입니다."라고 말하고 있었다. 물론 누군가는 "그날, 주 강사가 망인을 더 지켜볼 수는 없었을까?"라고 물을지 모른다. 그러나 법은 가정을 좋아하지 않는다, '보고 들은 만큼만 말하라.'라고 하는 게 법이다.

불송치 결정문을 받고 주 강사에게 전화를 걸었다.

"교육은 사람이 하는 일이잖아. 네가 한 교육은 기본에 충실했고 넌 절차상 모든 것을 다했어. 너 스스로에게 너무 오래 벌주지 마."

답은 매우 짧았다.

"고마워."

홀가분해 보이는 답변 같아 보이지만 나는 같은 강사였기에 알고 있다. 그가 스스로에게 꽤 긴 형벌을 내렸을 것이란 걸. 하지만 주 강사가 꼭 기억하길 바란다. 사람은 서로를 지켜야 한다. 물속이든 법정이든.

# 결혼과 함께 열린 인생 2막,
# 사선에서 국선으로

　앞서 이상호 기자 재판을 하면서, 나는 국선전담변호사로 이직을 긍정적으로 검토해 보게 되었다. '주변 동료들도 꽤 추천하던데 괜찮을까?' 그렇게 고민하던 중에 결정적인 사건이 일어났고 나는 망설임 없이 법원 소속으로 사건을 배당받아 맡는 국선전담변호사직에 도전했다.

　가장 결정적인 이유는 내가 오래 잘할 수 있는 일을 고르고 싶었기 때문이다. 사건을 끝까지 보고, 사람을 조금 더 오래 보려면 전담이 맞겠다는 생각이 들었다. 급여가 확 줄어드는 건 이미 알고 있었다. 대신 법정에 자주 설 수 있고, 기록을 내 호흡대로 정리할 수 있다. 면접에서 누군가 물었었다.

　"왜 국선전담변호사를 하려고요?"

　나는 대답했다.

　"사선 사건이든 국선 사건이든 맡은바 변호에 충실한 것으로 변호사의 소임은 다하는 것이지만, 수임료를 받고 진행하는 사선 사건에서는 현실적으로 선고 '결과'로부터 마음이 자유로울 수가 없는 것이 사실입니다. 무거운 마음으로 선고 '결과'를 기다렸다가 유리한 결과를 받고 '안도감'을 느끼는 생활보다는, 피고인이 원하는 방향으로 충실하게 변론하고 나름대로 공익을 위해 봉사했다는 '자부심'을 느끼고 싶습니다."

　그리고 짧게 덧붙였다.

　"무엇보다도 긴 호흡으로 가고 싶습니다."


　아마도 이때가 내 변호사 인생에 있어서 가장 큰 변곡점이 아니었나 싶다. 사선(로펌)에서 국선으로, 비혼주의자에서 기혼자로 바뀌게 되었다. 그리고 어렵게 아이를 갖고 출산까지. 내 인생에 절대 일어날 리 없다고 생각했던 일이 1~2년 만에 전부 일어나 버렸다.

이 챕터는 국선전담변호사이자 아내, 엄마의 삶의 도입부다. 물론 이때도 정말 많은 사건이 나를 웃게 하고 울리기도 했다.

번갯불에 콩 구워 먹듯 결혼을 결정하고, 태교는 멍멍이나 줘 버렸냐고 말을 들을 정도로 임신 중에도 구치소를 산부인과보다 많이 드나들었다. 하지만 나는 미리 방향을 바꿨고, 그 덕분에 계속 걸을 수 있었다. 결혼은 내 체력을, 출산은 내 어휘를, 국선은 내 호흡을 바꿨다. 그리고 이 변화들은 결국 한 사람을 위해 쓰인다. 밤마다 아이의 이마에 손을 얹고 되뇌는 문장. "일등아(태명), 엄마는 누구에게도 부끄럽지 않게 살기 위해 애쓰고 있어. 사랑한다."

그 문장을 지키기 위해, 오늘도 나는 법원을 향해 걷는다.

# 슈퍼맘 변호사,
# 피 주머니를 차고 법정에 서다

## 자신은 돌보지 못했던 슈퍼맘

내가 국선전담변호사를 할지 말지 소위 간을 보고 있을 때 등 떠밀어 준 사람이 있다. 로펌의 절친한 선배 변호사 언니인데, 물론 내가 절대 원했던 방식의 등 떠밀림은 아니었다.

언니는 회사 안팎에서 '슈퍼맘'으로 불렸다. 처음 변호사가 됐을 때 자신의 법정에서 재판을 참관할 수 있게 해 줬던 고마운 선배였다. 또 서면을 정말 잘 써서 언니 서면 읽으면서 배운 것도 많았다. 다시 생각해도 최고로 멋진 선배다.

그러던 어느 날 저녁, 텅 빈 사무실에서 여느 때처럼, 귀여운 후배 최 변호사와 월급을 받아 고가의 신상 원피스를 살지 가방을

살지 고민하며, 브랜드 홈페이지에 올라온 룩북을 사건 기록 읽
듯 자세히 보면서 변론 방향을 준비할 때만큼이나 진지한 대화를
나누고 있었다.

"똑똑."

"네~"

"민경아~"

오늘 하루 종일 보이지 않던 선배가 나를 부르는 표정이 예사
롭지 않았다.

"언니, 얼굴이 왜 그래요? 무슨 일 있어요?"

"음…. 나 암이래."

나와 최 변은 잠시 말을 잃었다. TV 화면 조정 시간에 들려오는
이명과 같은 삐~ 소리가 양쪽 귀에 들리는 듯했다.

"뭐!? 누가요? 언니가? 누가 암이라는 거예요?!"

"헉 선배님!? 암? 확신, 아니 확실해요?"

둘 다 아무 말이나 하듯이 문장도 만들지 못하고 단어를 주룩
뱉어냈다. 그리고 당황한 우리와 달리 선배 언니는 평온한 얼굴
을 하고는 당장 수술 날짜를 잡아야 한다는 말을 들었다고 했다.
나는 그 선배가 야근을 건너뛰는 걸 본 적이 없다. 물론 나보다
훨씬 돈을 많이 버는 선배였지만, 그렇다고 무슨 수십억을 버는
변호사도 아니었다. 무료 변론도 열심히 하고 수임료가 아무리
적어도 본인의 신념에 따라 시간이 허락하는 한 무리를 해서 사
건을 맡는 그런 사람이었다. 정말 영화 대사처럼 "거지 같은 세상
이네!"라는 말이 튀어나왔다. 집과 법정 양쪽을 바삐 오가며 누구

보다 열심히 살았는데 '암'이라니. 그런데 진짜 욕지거리가 나오는 상황은 수술 후였다.

"가자."

몸을 움직이게 하는 단어. 하지만 그날은 법원에 간다는 선배의 말이 너무나도 슬프게 들렸다. 암 수술을 마치고 바로 그다음 날 법정에 선 선배 변호사. 링거 자국을 밴드로 겨우 가린 팔, 무통 주사와 피 주머니를 달고 가서 평소와 똑같은 목소리로 변론했다는 것이다. 눈물과 분노가 함께 차올랐다.

"언니! 하아…. 왜 그래요 정말. 왜! 이게 뭐라고!"

"그렇다고 변호사를 교체하라고 이야기할 수 없잖아. 나를 믿고 맡긴 사건인데."

해당 분야에서 엄청 유명한 변호사였기에 변론을 앞두고 어쩔 수 없다는 걸 알고 있었다. 하지만 나는 그렇게 살고 싶지 않았다. 많은 사람이 TV 속 변호사의 모습을 보고 잘못된 환상을 가지고 있지만 이게 우리의 현실이다. 아무리 아파도 내 사건을 다른 변호사에게 넘기는 건 정말 하면 안 되는 일이다. 죽어야 끝나는 건가? 의문이 든다면 대충 맞다. 맡은 소송은 정말 피치 못할 사정이 있거나 의뢰인이 변호사를 교체하지 않으면 내가 끝나야 한다. 어떤 경우 내 건강상의 문제는 피치 못할 사정에 들어가지 못한다. 선배는 그걸 누구보다 잘 알고 있었을 것이다.

그날 이후 로펌의 시계 소리가 더 커졌다. 수임, 정산, 보고, 회의. 모두 필요한 일인데, 어느 순간부터 그 리듬이 내 맥박을 앞질렀다. 커피를 한 잔 더 마셔도 눈 밑의 그림자는 줄어들지 않았다. 선배의 투병은 내게 병원의 냄새보다 강한 속도의 냄새를 남겼다. '더 빨리' 대신 '더 오래'가 필요하다는 생각이 고개를 들었다. 재판을 좋아하는 내 성격을 그대로 살리면서도, 몸과 말이 망가지지 않는 구조가 필요했다.

"우리는 여기서 나가야 해. 이렇게 내가 여기서? 이건 아니야. 그래, 이건 너무 아니지 않나."

그날 방에 함께 있었던 후배와 아직도 통증에 쩔쩔매는 창백한 얼굴을 한 선배 변호사를 바라보며 중얼거렸던 그날을 계기로 나는 로펌을 떠나기로 확고하게 마음을 굳혔다. 그런데 때마침, 국선 전담 원서 접수 기간이었다. '운명'이란 진부한 단어를 쓴다고 핀잔을 주겠지만 그 순간은 정말 '이것은 운명이다.'라는 생각이 들었다. 더욱이 이미 국선전담변호사로 근무 중인 친한 동생들이 나에게 늘 국선 전담으로 오는 게 어떠냐고 손짓하던 터라 그 직에 대한 막연한 동경이 있었는지는 모르겠다. 아무튼 나는 망설임 없이 원서를 접수했다.


## 치열한 국선전담변호사 선발의 길

국선전담변호사 선발 절차를 찾아보니, 서류·실무평가·면접. 전부 익숙한 단어인데, 내용은 익숙하지 않았다. 특히 자기소개서를 쓸 때, '내가 정말 잘하는 게 무엇이었지?'를 다시 묻는 데 특

별히 할 이야기가 없었다. 지원 동기 작성부터 막막했지만, 일단
내가 지금까지 변호사 생활을 어떻게 해 왔는지 정리하는 것부터
준비를 시작해 보기로 했다.

준비는 아주 작은 것부터 시작했다.
내가 수행한 사건 기록을 다시 읽고, 한 줄 요약을 손으로 써 봤
다. 그러다가 깨닫게 된 것은, 사건이 늘 내가 생각한 그 한 줄의
바깥에서 움직였다는 것이다. 그러다 어느 순간, 살아남는 한 줄
이 생겼다. "이 사건의 심장은 여기."
퇴근 후에는, 막 신혼 생활을 시작한 남편에게 다정한 목소리로
자기소개서를 소리 내어 읽어 주었다.
"여기 너무 길어."
"쉼표 하나 찍으면 여운을 주니까."
같은 변호사라 더 냉정하게 평가해 줬던 남편. 짧은 대화가 문
장을 정리해 줬다. 고마웠다.

대망의 면접 날. 나는 진땀을 흘려야 했다. 생각보다 짧고 날카
로운 면접, 생각보다 말이 쉽게 나오지 않았다.
"왜 국선 전담으로 와야 합니까?"
이어지는 결정적인 한 마디.
"수입은 줄 텐데요."
"네. 그래도 남는 게 있습니다."
"뭡니까?"

“방향성이 남겠죠. 변호사로서 저만의 방향성이요.”

조용히 끄덕이는 심사관, 나는 조용히 한숨을 뱉었다. 그렇게 진땀을 흘리고 법원을 빠져나왔다. 이젠 기다리는 일만 남은 것이다.

며칠 뒤, 메일이 왔다. 제목은 건조했다. “국선전담변호사 신규 위촉에 대한 안내 말씀”. 건조한 제목의 메일을 열정적으로 두 번이나 읽었다. 세 번째 읽을 때 비로소 믿어졌다. “선발.” 책상 모서리를 손등으로 두드리며 아주 작게 말했다.

“가자.”

암 투병 중인 선배가 수술 직후 피 주머니를 차고 법원에 들어갈 때 했던 말. 그 말을 나는 조금 다르게 돌려줄 수 있었다.

“언니, 저도 갑니다. 국선 전담으로 가요.”

그날 저녁, 선배에게 전화를 걸었다. 치료가 한참 남아 있었고, 목소리는 여전히 단정했다.

“그래라. 넌 체질일 거야.”

“언니, 그날 이후로 마음이 바뀌었습니다. 언니도 이제 언니만 생각하면서 좀 살아요.”

“오냐.”

선배가 잠깐 웃었다.

“야 근데, 거기 가 봐라. 어차피 바쁜 건 똑같다.”

“그래도 제가 고를 수 있잖아요. 속도 말고 방향을요.”

“응. 그거면 됐어. 그래도 언제든 같이 일하고 싶으면 편하게
돌아와라. 기다릴게.”


## 법원으로 출근하는 어색한 날

국선전담변호사로 첫 출근은 이상하게 조용한 축하 같았다. 하
지만 로펌에 있을 때와 크게 달라지는 것은 없었다. 크게 다를 거
라 예상하지도 않았지만, 깨끗했던 책상 위는 며칠 지나지 않아
서류로 뒤덮였고 사건은 무작위로 밀려 들어왔다. 다만, 공판 기
일을 제외하면, 일정표는 내가 고를 수 있었다. 누가 오늘 먼저 말
해야 하는지, 누가 오늘은 쉬어야 하는지. 종일 문장을 아끼고, 간
격을 조절하고, 속도를 맞췄다. 그저 같은 일상이지만 매일 똑같
은 말을 속으로 한 번 더 한다.

“우리 일등이에게 부끄럽지 않은 엄마로 살기 위해.”
국선전담변호사로서의 인생 2막은 그렇게 시작됐다. 화려한 시
작은 아니다. 공판은 여전히 예측 불가능하고, 사람은 여전히 복
잡하다. 그럼에도 나는 안다. 이 길은 내가 고른 길이고, 내가 걷
고 싶은 길이다. 언젠가 일등이가 이 책을 읽는 날, 한 줄만 건져
가면 좋겠다.
“엄마는 최선을 다해 열심히 살고 있어. 사랑한다.”
그 문장 하나가 나를 여기까지 데려왔다는 걸 알았으면 좋겠다.

# 국선전담변호사로 산다는 것

## 사선과 국선의 차이

'사선변호사'와 '국선변호사'는 일상적으로 쓰이는 용어지만, 법률상 공식 표현은 조금 다르다. 형사소송법 등에서는 '변호인'이라는 용어를 사용하며, 국가가 선임한 변호인은 '국선변호인', 피고인 등이 사적으로 선임한 변호인은 '사선변호인'이라고 부른다.

즉, '국선'은 '국가 선임'의 줄임말이고 '사선'은 '사적으로 선임'했다는 뜻이다. 형사소송법 제33조에서는 피고인이 일정한 조건에서 변호인이 없을 때 법원이 국선변호인을 붙여 준다고 규정하고 있다. 즉, 법에서 정한 요건을 갖추었을 때 선정하는 것이 국선변호인이다.

다만 '사선변호사'라는 용어 자체는 법전에 명시된 표현은 아니며, 일반적으로는 변호인을 선임했을 경우 굳이 '사선'이라는 수식어 없이 그냥 변호인으로 칭하고, 필요한 경우 국선과 구별하여 사선이라 부르는 정도다.

국선변호사(국선변호인) 제도는 주로 형사사건에 국한된다. 대한민국 헌법과 법률은 형사 피고인(또는 일부 구속된 피의자)의 방어권 보장을 위해 국선변호인 제도를 두고 있으며, 형사소송법 등에서 규정한 요건에 따른다.

## 국선전담변호사는 또 뭐가 다를까?

| 일반 국선변호인 | 국선전담변호사 |
| --- | --- |
| 변호사 명부에 등록되어 **개별 사건마다 법원이 선임**하는 변호사 | 법원이 국선전담변호사로 위촉하고 **국선사건만 담당**하는 변호사 |
| **본업(로펌·개인사무소)과 병행** 가능, 국선 사건이 있을 때만 맡음 | 위촉 동안 **오로지** 재판부에서 선정한 **국선사건만 수행할 수 있음** |
| 변호사가 신청한 법원의 일반 국선변호인 명단에 등재 | 법원이 일정 기간(2년 단위 최대 6년) 전담 변호사로 **위촉**, 그동안 해당 법원 관할 사건을 계속 맡음 |
| 국선변호 사건을 1년에 몇 건씩 수행 후 공익 활동으로 인정 | 국선변호 사건을 매월 약 30건 내외로 계속해서 배당 |

국선변호인에 대해선 드라마나 뉴스를 통해 많이 들어봤을지 모른다. 하지만 국선전담변호사는 조금 생소한 사람들이 많다. 말 그대로 '국선(국가 선임)' 사건만 전담해서 진행하는 변호인을 말한다. 돈을 받고 임의로 사건을 수행할 수는 없다. 그리고 사건이 늘 있다. 매달 30여 건 이상의 사건을 배당받고 변론한다. 그야말로 쳇바퀴다.

## 국선전담변호사의 경우 사건 처리 과정은

- 사건 배정: 관할 법원에서 소속된 재판부가 배당
- 피고인 접견: 구치소·교도소 방문 또는 사무실 면담
- 기록 검토: 검찰, 법원에서 수사, 공판 기록 복사 후 검토
- 변론 준비: 방어 전략 수립, 변호인의견서 제출, 증거 신청, 증인 신문 준비
- 재판 출석: 공판 기일 출석, 증인신문, 최후변론
- 사건 종결: 판결 선고 후 항소 또는 상고 여부 상담, 필요시 항소장 또는 상고장 제출

물론 국선변호인도 기본적으로 사건 처리 절차는 동일하지만, 매월 지정된 숫자의 신건(新件)이 계속해서 배당되기 때문에 사건은 계속 누적된다. 이렇게 누적되면, 통상 진행 중인 사건이 100개가 넘어 관리에도 어려움이 따른다. 담당 재판부가 고정되

어 있고, 심급별, 사건별로 새롭게 배정되므로, 동일 사건에 대해 심급을 이어서 맡을 가능성은 크지 않다.

## 국선전담변호사 제도 도입이 가져온 변화

결론부터 이야기하면 선발 절차가 까다롭지만, 위촉되면 나름 영광스러운 자리가 국선전담변호사다. 또한 '국선전담변호사 제도(이하 국선전담제)'는 2004년에 도입됐다. 그전에는 일반 개업 변호사들이 국선 업무를 가끔 맡는 형태였다. 이렇게 시작된 국선전담제는 긍정적인 영향이 매우 크다고 평가받고 있다.

세 가지로 긍정적 영향을 이야기하는데 첫 번째, 변호 서비스의 질 향상을 가져왔다는 평가다. 전문성을 가진 국선전담변호사가 사건에 대한 깊은 이해를 갖고 변론하기 때문. 두 번째는 효과는 사법 접근성 및 형평성 확대를 들 수 있다. 돈이 없어도 변호를 받을 수 있고, 피고인의 인권 강화에도 긍정적인 영향을 미쳤다는 평가가 있다. 마지막으로 재판 진행의 효율성 증대가 국선전담제의 긍정적 영향으로 꼽힌다.

## 우수한 인력으로 구성된 국선전담변호사

심사가 있다는 건 우수한 인력을 뽑을 수 있다는 말과 일맥상통한다. 자기소개서와 성적으로 서류 심사를 하고, 면접까지 거쳐서 이 사람이 전담으로 국선변호를 하는 것이 적합한지 포괄적으로 살펴보기 때문에 정말 우수한 인력으로 구성되어 있다. 물론 내가 선발됐기에 하는 이야기가 아니다. 국선전담변호사들은 실무 경험도 풍부하고, 피고인을 위한 최선의 결과를 고민하면서 정말 큰 노력을 기울인다. 그래서 가끔 드라마나 영화에서 국선전담변호사를 로펌에서 좌천된 비루한 변호사로 묘사하거나, 국선변호 자체를 시간 때우는 용도의 봉사활동 정도로 폄훼하는 걸 볼 때마다 화가 난다.

살면서 송사에 휘말리는 일이 없다면 가장 좋겠지만, 혹시라도 부득이하게 법정에 서고 국선전담변호사로 국선변호인이 배정된다면 이 또한 '피고인의 복'이 아닌가 싶다. 법원에서 심사해서 위촉한 소수의 인원이 무료로 변호하는 것이고, 적어도 내가 만나 본 국선전담변호사들은 모두 열정적이고 피고인을 위해 최선을 다하고 있었다.

물론 국선전담변호사로 위촉되기 전 나도 이미 일반 국선변호를 많이 했고, 일반 국선변호사 중에서도 훌륭한 분들을 많이 만나 봤지만, 국선전담변호사 대부분은 예외 없이 열심이라 감히 보증할 수 있을 것 같다.

# 2박 3일 재판보다 힘들었다,
# 엄마가 되는 일

### 잔다르크와 돈키호테 사이

좋게 말하면 사명감이고 나쁘게 말하면 오지랖이었다. 굳이 말하자면 변호인으로서 내가 학원 상담 교사인 김세나 씨를 보며 든 생각은 오지랖에 가까웠다. 그 오지랖 때문에 공소장을 받게 된 것이다. 손끝으로 종이컵의 테두리를 천천히 돌리며 '도무지 뭐가 잘못인지 모르겠어요.'라는 눈빛의 김 씨. 풍차를 향해 달려드는 돈키호테와 숭고한 사명을 갖고 적진으로 돌진했던 잔다르크 그 중간 어디쯤인 듯한 느낌의 피고인이었다.

변호인인 나를 호기심 가득한 표정으로 바라보고 조심스럽지만 계속해서 던지는 질문엔 확신이 녹아 있었다. 물론, 확신만으로 모든 행동이 용납된다면 나와 마주 앉아 증인을 신청하느니 마느니 하는 일도 없었을 것이다.



> 피고인 김세나(가명) 씨는 20○○년 봄, 한 학원에서 고소인 우현숙(가명) 씨가 학생들에게 욕설하는 것을 녹음했다. ○년 후 해당 녹음 파일을 경찰관에게 제출하여 통신비밀보호법 위반 혐의로 기소되었다. 같은 사안에 대해 초기에 검사의 불기소(혐의없음) 처분이 있었지만, 고소인의 불복(항고)이 받아들여져, 다른 검사에 의해 공소가 제기되면서, 피고인은 재판받게 되었다.

## 그녀는 왜 잔다르크가 되었을까?

발단은 어느 늦가을 밤. 학원장은 갑자기 강의실 문을 활짝 열어젖히고, 이제 갓 고등학교에 입학한 아이들 앞에서 히스테릭하게 소리를 질렀다. 한두 마디 욕도 섞여 있었다.

"그런 XX는 죽어 버려야 하는데, 니들도 남편 잘 만나야 해. 평생 지랄이야 평생!"

또 이름을 콕 집어 비꼬고, 남편이자 동업자인 부원장을 원색적으로 욕하고, 위험한 제스처까지 하면서 으름장을 놓는다. 문은 열려 있었고, 소리는 강의실을 넘어 상담 데스크까지 곧장 흘렀다.

'수업 시간에, 그것도 애들 앞에서 할 얘기는 아닌데.'

김 씨는 손가락을 주머니 속 휴대전화 위에 살짝 올려놓았다.

잠시 망설이는 사이 맞은 편에 서 있는 본부장과 눈이 마주쳤다.

"애들이 너무 놀라서 울 것 같았어요."

그 옆에 서 있는 다른 선생님에게도 도와 달라고 했지만, 모두 고개를 숙였다. 그게 더 위험해 보였다고 했다. 잠깐의 망설임 끝에, 그녀는 녹음 버튼을 눌렀다.

변호사로서 나는 고개를 끄덕였지만, 동시에 법률가의 습관적인 질문이 떠올랐다. '그게 통신비밀보호법 위반이 될 수도 있는데.' 법이 묻는 것, 그리고 사람이 묻는 것은 같은 것처럼 보이지만 본질은 전혀 다르다. 즉 '그게 사람으로서 잘못된 행동인가요?'와 '그게 통신비밀보호법 위반인가요?'는 다르다. 결론부터 말하면 이 사건은 통신비밀보호법 위반으로 비칠 수 있다.

통신비밀보호법은 '공개되지 아니한 타인 간의 대화'를 함부로 녹음하거나 누설하지 못하게 한다. 하지만 '공개되지 아니한'의 경계는 생각보다 모호하다. 나는 그 모호함을 파고들기로 했다.

고성을 지르면서 공개적으로 말한 게 아니라고 하면 믿을 사람이 누가 있겠는가? 그래서 변호인의견서를 쓰기 전 김 씨의 상황을 머릿속으로 시뮬레이션해 보았다.

문은 열려 있었고, 학생들은 바로 앞에서 욕설을 들었다. 학원장은 마이크 대신 성대를 썼지만, 그 소리의 도달 범위는 강의실을 넘어 상담실까지 이어졌다. 이쯤 되면 그 '대화'는 사실상 독백에 가까웠다. 또 일방적 고함에 불과하다는 생각이 들었다.

나는 의견서에 이렇게 썼다. "이 정도로 열린 공간에서, 고소인이 누구든지 들을 수 있게 한 발언은 통신비밀보호법상 공개되지 아니한 대화라고 보기는 어렵습니다."

하지만 법정에서 이런 설명은 종종 통하지 않는다. 법은 논리로 움직이지만, 국민참여재판에서는 그 논리 뒤에 숨어 있는 사람의 마음도 본다. 김세나 씨가 "이걸 녹음하지 않았으면, 애들한테 상처 준 그 말이 그냥 사라졌을 거예요."라고 말할 때, 나는 그 말이 법조문보다 더 설득력 있게 들렸다.

## 정당행위라는 이름의 '예외'

법은 인간을 보호하기 위해 만들어졌지만, 가끔은 인간의 본능적 정의감과 충돌한다. 김 씨의 경우가 그랬다.

그녀는 녹음 파일을 언론에 제보한 것도, 타인의 뒷담화를 퍼뜨린 것도 아니었다. 다른 형사사건의 수사 과정에서 수사관의 요청에 따라 조심스레 녹음 파일을 제출한 것뿐.

"다른 방법이 없었어요. 그냥 지나쳤으면, 그 사람이 계속 애들 앞에서 욕했을 거잖아요."

이 말에 나는 형법 제20조, 이른바 '정당행위 조항'을 떠올렸다. 사회상규에 어긋나지 않는다면, 위법성이 조각된다. 쉽게 말하면 위법하지 않다는 얘기다. '어린 학생들을 보호하기 위해 녹음했다.'라는 동기는 매우 정당하다고 볼 수 있었다.

그런데 이게 법정에서 받아들여지기 쉽지 않다는 게 문제다. 재판부는 '정당성'을 좋아하지만, 동시에 '남용'을 경계한다. 그래서 나는 변호인의견서에 최대한 '사회 통념'이라는 측면을 강조했다. "피고인은 남을 흠집 내려는 의도가 아니라, 피해를 막기 위해 버튼을 눌렀습니다." 법의 잣대가 사람의 상식을 배반해서는 안 된다는 게 주요 내용이었다.

김 씨는 이 사건을 반드시 국민참여재판으로 진행해 주기를 원했다. 이상호 기자 사건에서 알 수 있듯이, 국민참여재판의 장점은 일반 국민의 상식에서 재판을 받는다는 것이고, 단점은 배심원을 내 마음대로 고를 수 없어 '일반 국민 상식'의 기준을 설정하기 어렵다는 것이다. 그래서 국민참여재판을 준비할 때는 '누구의 상식'을 중심으로 둘지 매번 고민하게 된다. 국민참여재판 공판 기일이 잡히고, 틈날 때마다 생각을 정리한 뒤 여느 때처럼 모두진술과 최후진술에서 읽을 대본을 작성했다.

### 변호사는 변론만 하는가?

국민참여재판 당일 아침, 담담한 듯 보였던 김 씨도 살짝 떨리는 목소리로 내게 물었다.

"혹시 유죄가 나오면, 저… 범죄자가 되는 거예요?"

변호사로 12년을 일하면서 수많은 '피고인'을 봤지만, 그들 중 상당수는 스스로를 범죄자라고 생각하지 않는다. 그런데 김 씨는 판결도 나지 않았는데 스스로를 범죄자로 보는 듯했다. 나는 법원의 판결을 하기 전 누구도 범죄자라고 단정하고 변론하지 않는다. 하지만 법정 드라마에서처럼 피고에게 용기를 북돋아 주는 희망 섞인 말만 하는 경우도 드물다. 그래서 피고인의 질문에도 담담하게 답했다.

"국민참여재판이라 저희에게 유리한 측면이 있어요. 법리에 대한 엄격한 해석보다는, 배심원이 교양과 상식선에서 판단하는 경우가 꽤 많거든요. 긍정적으로 생각하고 진행하죠."

이날도 배심원 선정 절차에서, 검사와 치열한 눈치 싸움이 있었다. 그리고 이번 재판은 내가 국선전담변호사로서 도전장(?)을 내민 첫 국민참여재판이기도 했기에 더 신중했다. 이전에도 일반 국선변호를 하면서 세 번의 국민참여재판을 하고 모두 무죄를 선고받았지만, 그때는 홀로 변론하였는데, 이번에는 든든하게도 동료 국선전담변호사인 이 변이 함께하였다. 참고로 이 변호사는 우수 국선변호인 상을 여러 차례 수상한, 이른바 상습(?) 우수 국선변호인이었다. 그와 나는 호흡이 잘 맞았다.

이날 재판 증인신문에서, 고소인이 증인으로 출석하여 당당한 태도로 '내가 피해자'라고 주장했다. 이 변호사는 사건 당일 고소인이 학생들 앞에서 큰소리로 욕설한 내용을 또박또박 읽어 주며 고소인의 기세를 눌렀다. 어찌 보면 이 사건의 진짜 피해자는 욕설이 난무하는 강의실에 있었던 학생들일 것이다. 검사가 배심원에게 변호인과 피고인이 '부동의' 하여 증거 능력이 없는 수사보고서를 제시하여 설명할 때는, 이 변호사는 마치 드라마의 한 장면처럼 "재판장님, 이의 있습니다."를 시전하여 자신이 왜 '상습' 우수 국선변호인으로 불리는 본인 스스로 증명하였다.

잔다르크 피고인도 증거조사 절차 후 이어진 피고인신문에서 또랑또랑한 목소리로 검사의 질문에 조목조목 반문하며 자신의 신념을 숨기지 않았다. 그렇게 두 사람에게 바통을 이어받은 나는, 준비한 최후변론을 시작하였다.

"수업하는 교실의 문을 활짝 열어 두고 남이야 듣든지 말든지, 수업을 듣기 위해 앉아 있던 학생들 앞에서 목을 자르는 시늉을 하며 위협했고, 쌍욕을 섞어 뱉은 고소인의 부적절한 언행이 이 사건의 발단이 되었습니다. 이것이 공개되지 아니한 대화라고 생각하십니까? 학생들 앞에서 한 고성의 욕설이, 고소인이 보호받아야 하는 중요한 사생활의 비밀인가요?"

나는 배심원단에게 최대한 친절하게 그리고 쉽게 설명하기 위해서 예시를 들기 시작했다.

"그럼, 이 상황은 어떤가요. 백화점 매장 안에서 진상 고객이 매장 밖까지 다 들리게 큰 소리로 매장 직원에게 삿대질하고 욕설을 퍼부으며 갑질합니다. 사람들이 구경하자, 그 진상 고객은 '나 지금, 이 매장 직원한테 하는 얘기지, 매장 밖에 있는 당신들 들으라고 하는 이야기 아니야!'라고 합니다. 가만히 있어도 다 들리는

그 소리를 그럼 모른 척 귀라도 막고 있으라는 얘기처럼 들리는
데요. 이것은 공개된 대화인가요, 공개되지 않은 대화인가요.”

그렇다. 결국 ‘공개된’ 것인지 ‘공개되지 않은’ 것인지에 대해서
는 사안마다 달리 판단되어야 하고, 근지 고소인의 주장에 의존
할 것이 아니라, 어떤 상황에서 녹음이 이루어진 것인지 상황을
세밀하게 살펴야 한다. 그게 변호사의 의무다.

“이 사건은 법조문보다 더 인간적인 질문을 던지고 있습니다.
만약 피고인이 그날 녹음을 하지 않았다면, 우리는 지금, 이 법정
에서 무엇을 근거로 이야기하고 있을까요? 아이들의 불안한 눈
빛, 다른 교사의 무력한 침묵, 그 모든 걸 눈감는 게 법이 바라는
정의입니까?”
잠시 호흡을 골랐다.
“법은 인간을 위해 존재합니다. 피고인의 행동은 불법이 아니
라 상식의 마지막 보루였습니다. 이 사건의 본질은 단순히 ‘녹음
했냐, 안 했냐’가 아닙니다. 그 녹음이 보호해야 할 가치를 위해
이루어졌느냐, 또 그것이 정말 법이 금지하는 ‘공개되지 아니한
대화’였는가입니다.”
그 순간 재판장의 시선이 피고인 쪽으로 스쳤다. 나는 조심스럽
게, 그러나 단호하게 덧붙였다.
“이 사건 고소인의 언행을 공개된 대화라고 판단한다면, 더 살
펴볼 필요도 없이 피고인에게 무죄가 선고되어야 합니다. 그리고

만약 고소인의 언행이 공개되지 아니한 대화라고 판단하시더라도, 이 사건 녹음 행위와 피고인이 경찰 수사관에게만 녹음 내용을 공개한 행위는, 형법상 정당행위에 해당하므로 피고인에게 무죄를 선고하여 주시길 바랍니다."

판결까지의 기다림은 의외로 짧았다. 이 사건 고소를 당한 후, 국민참여재판 기일까지 오랜 기다림을 견디어 낸 김세나 씨. 그녀는 결국 배심원 만장일치 무죄판결을 선고받고 일상으로 돌아갈 수 있었다.

### 사건이 남긴 질문, 법은 사람을 보호하는가?

그리고 얼마간 시간이 지난 뒤 우연히 그녀와 통화를 하게 됐다. 휴대전화 너머로 들려오는 김 씨의 목소리는 첫 만남 때처럼 활기찼다.

"방과 후 선생님으로 일하면서 아이들 상담하고 있어요."

"그래요? 다행이네요. 교육 현장으로 다시 돌아온 거 괜찮으세요?"

"괜찮죠. 원래 자리로 돌아와야 했고, 돌아온 것뿐인데요."

그 말을 듣는 순간, 나는 다시 한번 변호사라는 직업의 무게를 느꼈다. 법정은 승패로 모든 것을 가르려 하지만, 사실 더 중요한 건 사람이 다시 살아갈 수 있는 이유를 찾아 주는 일이다. 이 사건을 기록하며 나는 스스로에게 물었다.

"법은 정말 사람을 보호하고 있는가?"

그리고 스스로 답했다.

"법이 놓치는 틈새를 메우는 것이 변호사의 일이다."

김 씨는 녹음 버튼 하나로 피고인이 되었고, 나는 그 버튼 뒤에 숨은 '인간적인 이유'를 찾아 나섰다. 법은 종종 차갑지만, 그 차가움 속에서도 인간의 따뜻함을 드러낼 틈이 있다. 그것을 찾아 내 법정에서 보여 주는 것, 그것이 내가 해야 하는 일이기도 하다.

이 사건을 정리하며 나는 매번 첫 장면으로 돌아간다. 문이 열려 있었다. 아이들이 있었고, 거친 말이 날아다니고, 누군가의 작은 버튼이 있었다. 변호사로서 내가 할 일은 그 작은 버튼에 새겨진 인간적인 이유를 법의 언어로 번역해 재판부 앞에 올려놓는 것, 그게 전부였다. 그리고 다음 사건에서 나는 또 묻게 될 것이다.

"삭제하지 말고, 기록으로 남기자. 그 기록 뒤엔 누군가의 호소가 담겨 있다."

작게, 하지만 분명한 목소리들이 법정에 남아 있을 때, 법은 사람을 보호한다. 그 믿음을 나는 오늘도 업데이트한다.

# 욕설과 고성이 난무하는 구치소에서
# 태교하다

## 변호사의 결혼

나는 결혼했다. 법률가가 아닌 친구들의 기준에서는 '유부녀'고 법률가인 동료들의 기준에서는 '기혼자'이다. 법에서 말하는 기혼자란, 혼인신고를 마친 만 18세 이상의 남녀로 혼인 관계가 법적으로 성립된 상태를 의미한다. 그리고 나는 그 기준을 5년 전에 충족시켜 기혼자가 됐다. '아름답고 신성한 결혼을 왜 저렇게 표현할까?' 싶을 거다. 그건 내가 비혼주의자였기 때문에 그렇다. 사실 난 독신으로 인생을 마무리할 것으로 생각했다. 하지만 실무적 결정에 가까운 청혼으로 나는 결혼에 성공했다. 로맨스 따윈 하나도 없는 결혼. '변호사라 그런가?' 생각한다면 오산이다. 모든 변호사가 이렇게 결혼하지 않는다. 다만, 내 결혼 과정이 독

특했던 것뿐이다.

## 나는 왜 결혼할 마음을 먹었을까?

때는 코로나가 한창이던 2021년, 나는 자가격리를 하게 되었다. 당시 코로나 검사 결과는 '음성'이었지만 밖으로 나갈 수 없었기 때문에, 친구들이 현관에 맥주와 간식을 가져다주었다. 감사하게도 내 취향에 딱 맞는 맥주를 마시며 밤새도록 영화와 드라마를 시청했다. 꿈만 같은 시간이었다. 그러나 나는 누구나 인정하는 일 중독자다. 아니나 다를까, 일주일쯤 지나자 답답함을 느꼈고, 하드디스크의 파일을 정리하고, 집 정리까지 손을 대고 말았다. 스트레스를 받을 때마다 백화점에서 옷, 가방, 신발을 사 왔는데 뜯어 보지도 않은 채로 쇼핑백 그대로 가득 쌓여 있었다. 그날따라 집 안이 유난히 조용했다. 그래서 이런저런 생각이 꼬리를 물었는지도 모르겠다. 아무튼 재판 알림이 멈추고, 점심 카톡도 끊겼다. 혼자 있는 시간이 길어지자 끊임없이 떠오른 건 '이러다 고독사하면 어떻게 하지? 그리고 최소한 아이는 하나 낳고 싶은데.' 하는 생각이었다. 쌓여 있는 쇼핑백에 있는 물건을 같이 쓸 수 있는 여자아이였으면 좋겠다고 생각하며 혼자 품~ 하고 웃었다. 물려주고 싶지만, 취향이 안 맞을까 하는 쓸데없는 걱정도 잠시. 혼자 사는 집은 고요했다. '고요함'이 나의 현실이었다.

물론 '아이를 혼자 낳는 것'이 가능한 세상이지만 결혼도 하지 않고 출산하고 싶지는 않았다. 자가격리는 끝났지만, 아이가 있었으면 좋겠다는 생각은 여전히 머릿속에 남아 있었다.

그 후부터 나는 결혼을 한다면 누가 좋을까 조심스레 주변 인물들을 하나씩 떠올려 봤다. 나의 '독한 갈굼'에도 굴하지 않고 웃으면서 일하는 로펌 후배 심 변호사의 얼굴이 선명하게 그려졌다. 참고로 심 변호사는 '나의 대학 고시실 친구의 동기'다. 친구가 '술친구'로 소개했을 뿐이었지만, 당장 사무실에 어쏘 변호사가 필요해서 대표님께 이야기하여 채용한 친구다. 즉 친구의 친구이자, 동료일 뿐인 변호사였다.

"사귀는 것도 생각 안 해 봤는데, 결혼을? 그게 말이 되나?"

왜 그의 얼굴이 떠올랐는지 모르겠지만 이내 세차게 고개를 저으며 혼자 중얼거렸다. 하지만 이후에도 계속 결혼이라는 단어와 후배 변호사의 얼굴이 내 머릿속을 맴돌았다. 결국, 몇 주 뒤 일을 끝내고 심 변호사와 가볍게 맥주를 한잔 마시며 나도 모르게 마음의 소리를 밖으로 꺼내 놓고 말았다.

"내가 코로나19로 격리되니까 겁이 나더라고, 이대로 죽으면 어떻게 하지? 나 딸 하나 낳고 싶은데."

"딸? 설마, 선배 결혼 안 하고 낳을 생각은 아니었지?"

"글쎄… 요샌 안 하고 낳기도 하잖아. 근데 내가 정자은행에 갈 용기는 없고 말이야. 와, 그럼 우리 엄마 기절할 듯. 크크."

침을 한 번 꼴깍 삼키는 내 표정을 '저 선배가 왜 저러나?' 싶은지 건조하게 바라보는 심 변호사에게 결국 말을 꺼내 버렸다.

"심 변, 너는 되게 좋은 아빠가 될 것 같다."

경악스러운 표정을 보게 되리라 생각했다. 날 경멸해도 어쩔 수 없는 일이었다. 질 나쁜 농담이라고 여길지도 모른다. 연애는 건너뛰고 결혼도 아닌 좋은 아빠라니. '내 아~를 낳아도!'라는 오래된 유행어도 아닌 저런 말을 내뱉는 선배 변호사라니, 어떻게 봐도 이상한 상황이었다. 그런데 심 변호사는 눈을 반짝이며 파이팅 포즈로 답했다.

"어! 나 진짜 좋은 아빠가 될 수 있을 것 같아! 딸이면 더 잘할 수 있지."

나는 오히려 어리둥절한 표정이 되었다.

'뭐야 이 자식, 저 요상한 파이팅 포즈는 또 뭐고?'

하지만 나는 용기를 내서 한 발짝 더 내디뎠다.

"그러면 나랑 결혼할래?"

그리고 곧바로 이어지는 깔끔한 답변.

"뭐, 그럴까?"

7월 중순, 후덥지근한 공기와 느슨한 분위기에 홀린 듯 편승해 버린 우리 둘은 그렇게 식어 빠진 맥주 한잔을 혼배주 삼아 결혼을 결정해 버렸다. 그리고 이후부터는 속도전이었다. 누가 쫓아오는 것도 아닌데, 바로 다음 날 서울 시내 호텔이란 호텔엔 모조리 전화를 돌렸고, 겨우 비어 있는 시간을 찾아내 그 호텔을 예약해 버렸다. 그리고 나서야 비로소 가족들에게 결혼 사실을 알렸다.

"엄마, 나 10월에 결혼할 거야."

"그래~ 누구랑 할 건데? 영화 주인공이랑 하려고?"

엄마는 믿지 않았다. 그리고 그냥 농담이라 생각했다. 하지만 며칠 뒤 내 결혼이 사실이라는 것을 알았을 때 양가 어른들의 반응은 예상대로(?) 뜨거웠다. '미쳤구나!'라는 말을 셀 수 없이 들어야만 했다.

당시는 코로나 팬데믹이 심화했던 기간이라 우리 커플은 다행스럽게도 집합 금지를 핑계로 상견례도 건너뛰었다. 만약 상견례를 했다면 나는 이 결혼을 뜯어말리는 부모님 때문에 식도 올리지 못했을지도 모른다. 아무튼 그렇게 경악스러운 프러포즈와 반포기 상태의 승낙, 결혼식장의 예약과 결혼까지는 3개월밖에 걸리지 않았다.


기세 좋게 결혼한 후 나는 국선전담변호사 선발에 지원했고 성공적인 결혼 생활의 기운을 받아 합격해, 국선전담변호사로 일할 수 있었다. 사실 국선전담변호사가 되기로 마음먹은 것도 결혼과 비슷한 맥락이다. 내가 잘할 수 있는 일을 고르고 싶었다. 사건을 끝까지 보고, 사람을 조금 더 오래 보려면 전담이 맞겠다는 생각이 들었다. 수입이 줄어드는 건 이미 알고 있었다. 대신 매일 법정에 설 수 있고, 기록을 내 호흡대로 정리할 수 있다. 면접에서 누군가 물었을 때도 같은 뉘앙스로 이야기했었다.

"왜 국선전담변호사를 지원했죠?" 나는 짧게 대답했다.

"재판이 제 일입니다." 그리고 덧붙였다.

"긴 호흡으로 가고 싶습니다."

맞다! 긴 호흡 좋지. 인생은 가늘고 길게 가야 좋은 것 아니겠는가?

## 우리 부부에게 찾아온 행운의 별, 일등이

국선전담변호사 생활을 시작하고 얼마나 흘렀을까? 우리 부부에게 아이가 찾아왔다. 늦은 나이에 한 결혼이라 임신이 힘들 수도 있겠다고 생각했다. 내심 반쯤 포기한 상태였기에, 임신 사실을 알았을 때 감동도 두 배였다. 또 결혼 후 여러 사건을 끌어안고 달렸기 때문에 나는 지쳐 있었다. 어떤 날은 구치소 접견이 끝나자마자 산부인과 상담을 했고 또 피고인 상담 때 온갖 욕설과 불평을 들어 가며 스트레스가 뼛속까지 스민, 반쯤 혼이 나간 상태로 퇴근하기도 했다.

'이런 상황에서 아이를 가질 수 있겠는가? 아니 갖는다면 아이는 괜찮은 걸까?' 문득 불안해졌다. 하지만 남편도 나도 멈추지 않았다. 여기까지 와서 멈추는 것도 싫었다. 반드시 승소해야 하는 재판처럼 노력하고 밀어붙인 결과, 나는 결혼 8개월 만에 임신 소식을 전할 수 있었다. 그리고 태명도 지었다. 이유는 간단했다.

"1등으로 세포 분열에 성공한 배아."

"그러면 일등이라고 불러야겠다."

그렇게 '일등이'가 찾아온 이후에도 나의 생활은 크게 달라지지 않았다. 나는 임신한 상태로 법정부터 구치소까지 바쁘게 뛰어다녀야 했다. 하지만 구치소에 접견하러 가서 피고인한테 "도대체 왜 이런 일을 했냐?" 또 "반성하지 않으면 도와줄 수 없다!"라고 냉정하게 말하고 나와야 할 때마다 나는 죄책감이 들었다. 배를 쓰다듬으면서,

“일등아, 엄마가 너한테 화낸 거 아니야.”

“일등아, 방금 엄마가 피고인과 나눈 이야기는 절대, 절대 기억하지 말자!”

이렇게 이야기하곤 했다. 남들은 좋은 음악과 좋은 풍경으로 태교도 한다는데, ‘일등이’는 오히려 좋지 않은 말과 이야기만 듣게 하는 것 같아 늘 미안한 마음이었다. 이게 변호사의 현실이다. 드라마 속 멋진 워킹맘의 우아한 태교는 없다. 뱃속의 아이도 같이 힘들 수 있지만 구치소에서 법원으로 뛰어다니며 짬짬이 하는 게 현실판 워킹맘 변호사의 태교다.

하지만 ‘일등이’ 덕분에 전에는 보지 못했던 것들이 보이기 시작했다. 구치소나 교도소에 있는 임산부들이었다. 거기서 아이를 낳는 경우도 있고, 이후에는 아이가 좀 클 때까지 양육하는 게 가능하다. 그래서 사건을 맡았을 때 한두 번 젖먹이 아이와 함께 접견을 나오는 피고인을 만난 적이 있었다. 결혼 전에는 ‘저 아이가 너무 불쌍하다.’라고 생각했다. ‘임신했는데 이런 문제를 일으키다니.’ 피고인이 무책임하다고 생각한 적도 있다. 하지만 아이를 갖고 출산을 겪으며 내 생각도 달라졌다. 어떤 사정이 있을지 모르니, ‘죄’는 미워하되 ‘엄마’를 비난해서는 안 된다는 것, 그 힘든 상황에서도 아이를 낳고 키우기로 한 용기를 보게 되었다. 그리고 교도소 말고 달리 갈 데가 없는 아기라면 차라리 일정 기간이라도 엄마랑 같이 있는 게 다행일지 모른다고 생각하게 됐다.

‘아기가 뭐 불쌍하다느니 이런 생각을 하면 안 돼. 어쨌든 엄마

와 같이 있는 아기 중 불쌍한 아기는 없어.'

다만 좀 더 좋은 환경에서 아이를 돌볼 수 없는 그들의 현실이 안타깝고 아플 뿐이었다.

# 일등이와 함께한 사건들

임신하고 맡게 된 사건 중 유독 기억에 남는 건 가족 관련 사건들이었다. 새로운 가족을 기다리고 있어 그런 마음이 들었겠지만, 현실은 험악했다. 가장 기억나는 사건은 부녀간에 벌어진 분쟁이었다. 나이가 지긋한 아버지와 그 아버지를 돌보던 도우미. 그리고 외국에 거주하는 딸 사이에서 벌어진 재산 싸움이 폭행 시비로 번져 재판까지 이른 사건이었다. 가족끼리 상처를 주고받는 말을 가까이서 들어야 했다. 법정 안에서 고성이 오르내리면 뱃속 아이가 움직였다. 나는 배를 한 번 눌러 진정시키고, 마이크를 다시 켰다.

"천천히 말씀해 주세요."

그 말이 내게도 필요했고 '일등이'와 피고인에게도 필요한 말이

었다. 천천히. 숨부터 쉬자. 그때 알았다. 임신은 속사포처럼 쏟아
내던 나의 변론 스타일을 바꿔 놓았다는 걸. 말의 사족이 줄어든
것도 그때부터였다. 군더더기가 빠지고, 핵심만 남겨 상대의 의
표를 찌른다. 짧고 정확하게. 그래야 덜 힘드니까. 이건 임신의 좋
은 영향이었다.

　지금 소개할 사건도 임신 중 접한 좋은 영향 중 하나로 기억될
사건이다. 내가 임신한 변호사이기에 위로가 되고 각별하게 느꼈
던 사건. 바로 3명의 엄마가 피고인이었던 '공동 퇴거불응' 사건
이다.

> **사건 개요** ──────────────
>
> 　피고인 남숙자(가명), 이윤영(가명), 최영숙(가명)은 지자체에 노점
> 상 운영 기준에 항의하며 이주 대책 및 생계 대책을 세워 달라는
> 취지로 자치단체장에 면담을 요청했다. 하지만 자치단체장이 이
> 에 응하지 않자, 지자체 건물 내부로 들어가 집회를 열게 된 것이
> 사건의 발단. 피고인은 "면담 한 번만"을 요청했으나 구청은 '공
> 동퇴거불응'으로 피고인 세 명을 고발했고, 이후 재판으로 이어지
> 게 된 사건이다.

**변호사 생활 중 처음으로 귀엽게 생각했던 피고인들**
노점상 운영 기준이 변경된 것에 대한 항의가 이 사건의 시작

이었다. 항의는 시위 형태를 띠었고, 자치단체장에 대한 면담 요청으로 발전했다. 하지만 결국 자치단체장을 만날 수 없었다는 노점상 운영인들. 몇몇은 시위에서 이탈했고 꽤 오랫동안 항의를 이어 간 3명이 이 사건의 피고인이 됐다. 그리고 지자체 건물에서 시위하던 3명에 대해 지자체에서 공동퇴거불응으로 고발하면서 재판까지 오게 됐다. 가장 눈여겨본 것은 양측이 주장하는 퇴거 요청 횟수가 크게 차이가 난다는 점이었다.

"그럼, 그 공무원이 나가라고 했던 게 아닌가요?"

"'나가세요!'라고, 말한 게 아니라니까요. 내일 다시 오세요. 분명 그렇게 말했어요."

"맞아요. 우리 셋이 다 노망난 것도 아니고 그걸 잘못 들었겠어요."

"언니 노망은 너무 멀리 갔지, 그럴 나이 아니잖아."

"요샌 젊은 치매 환자도 많아. 그리고 노망이란 말 자체가 노인 차별이야."

단 한 순간도 공백을 허용하지 않는 대화, 나는 그 속에 어떻게 끼어들어야 할지 고민했다. 평소라면 "자, 불필요한 이야긴 하지 마세요."라고 잘라 말했겠지만, 찜질방에 온 동네 사람들처럼 대화를 주고받는 아주머니 세 명이 꽤 귀엽게 보였다. 시트콤 보듯이 관망하던 나는 변호사의 본분을 망각하지 않기 위해 세 명에게 물었다.

"그런데 왜 공소장엔 '총 21회 공동퇴거불응'이라는 큰 숫자가 올라갔을까요?"

“모르죠.”

“아니, 스무 번 넘게 가긴 했을 거예요. 청사에 가긴 자주 갔는데, 나가라는 소리를 한 건 몇 번 안 돼다니까요.”

“퇴거명령서를 보여 준 적은 있나요? 몇 번이나 돼요?”

“그게 뭐예요? 나가라고 쓴 거 말하는 건가요?”

그렇다. 기록을 맞춰 보니 지자체의 담당자가 퇴거명령서를 읽어 준 것은 네 차례에 불과했다. 하지만 피고인 3명이 청사에 출입한 횟수가 퇴거명령에 대해 불응했던 횟수로 바뀌어 적혀 있었다. “내일 오시죠.”라고 말했고 “면담 꼭 한 번만 부탁해요.”라고 답했지만 퇴거명령불응으로 바뀌어 카운트되었다. 변론의 요지를 이걸로 잡아야 할까? 아니면 다른 증거자료를 더 봐야 할까 고민하고 있는데, 갑자기 재판과 관련 없는 질문이 날아든다.

“근데, 딸이에요 아들이에요?”

“태명은 뭐예요?”

“변호사니까 법명으로 지었나?”

“언니, 법명은 불교 신자들이 받는 거야.”

“아니, 그 법 말고 법률 할 때 그 법.”

“뭐 어때. 암튼 재판 들어가 있으면 힘들 텐데, 좋은 소리 하는 자리도 아닐 거고….”

내가 입을 떼기도 전에 이어지는, 만담 같은 대화들.

“그냥, 남편더러 더 열심히 벌라고 허요.”

“요새는 여자도 능력 있어야 해, 더군다나 변호사인데 뭘.”

어느새 주제는 퇴거불응 횟수에서 나의 출산으로 바뀌어 있었다. 매번 재판을 기다리며 복도에서 이야기를 나누는 과정에서 내가 "피고인들 흥분하지 마세요. 제가 임산부인데 흥분하시면 저도 톤이 올라가니까요."라고 말하면서 임신한 사실을 알게 된 어머니 세 분. 그때 오히려 더 흥분하면서 임산부가 왜 일을 하고 있냐며 한바탕 난리가 났었다. 그 후 재판을 위해 올 때마다 불러 오는 배를 유심히 보면서 재판이 태아에 안 좋은 영향을 주지 않을까 걱정했다. 피고인을 귀엽다고 생각한 건 세 분의 이런 태도 때문이었다.

"괜찮아요. 태명이 일등인데 다 이해할 거예요."

겨우 비집고 들어가 물어본 태명을 알려 줬다. 세 명의 '선배 엄마'의 귀여운 참견은 사건이 끝날 때까지 이어졌다. 어떤 날은 조리원 소식을 묻기도 했고,

"아휴, 얼마나 이쁠까? 조리원은 얼마나 있게? 내 딸은 조리원 대신에 내가 돌봤는데, 요즘 조리원 엄청 좋대. 꼭 가."

피고인 접견하고 왔다고 이야기해 혼나기도 했다.

"아이고 미쳤어. 구치소 갔다가 오는 길이라고? 임산부가 웬 구치소야…. 좋은 것만 보고 들어야지. 하하하, 하긴 우리도 이제 그 뭐냐. 전과자 되면 구치소 가나?"

그때마다 나는 씨익~ 웃으면서 다시금 마음을 단단히 잡았다. 이 다정한 세 명의 엄마를 위해 변론의 요지는 더 뾰족하게 갈아 보겠다고. 그리고 재판 당일 좋은 음악 대신, 법정 복도에서 흘러 나오는 한숨과 웅성거림을 들었고, 맑은 풍경 대신, 차가운 법원 복도 유리 너머 풍경을 보며 법정으로 들어섰다. 그리고 날 선 변

론과 공격이 오갔다.


## 퇴거명령과 '내일 오세요'의 차이

"기록을 보시면, 명시적인 퇴거 요구는 네 차례입니다. 나머지는 '있었다'라는 사실이지, '나가라'는 근거는 아닙니다."

담당 검사는 눈썹이 조용히 올리며 곧장 받아쳤다.

"그렇다 해도, 요구가 있었을 때는 나갔어야 합니다."

"예. 피고인들도 그 부분은 인정합니다. 다만 맥락을 봐 주십시오. 어느 날은 직원들이 그냥 지나쳤고, 어느 날은 행정과장이 와서 음료를 건네며 '내일 오라'고 했습니다. 그걸 퇴거명령불응이라 볼 수 없습니다."

조금 빠르게 받아쳤더니 뱃속이 요동쳤다. 살살 움직이던 일등이가 자세를 바꾸는지 격하게 움직이기 시작했다. 법정은 반대로 조용해졌다. 이것이 숫자의 힘이다. 감성이나 여지가 들어갈 공간을 내주지 않는다. 정확하기 때문이다. 증인으로 나온 홍(가명) 주무관은 퇴거명령서가 실제로 읽힌 날짜를 분명히 말했다. "3월 23일부터 총 네 번, 그 외의 날은 잘 모르겠습니다…. 음, CCTV에 나오는 날이 대부분입니다."

"그날, 전부 고성이 있었습니까?"

"항상 그런 건 아니었고요. 소수로 왔을 땐 조용한 날이 더 많았습니다. 거리두기도 했고요."

그의 말이 끝나자마자, 나는 손가락으로 준비한 문장 하나를 가볍게 넘겼다. "청사 방호 일일 상황일지에도 폭언·폭행 기록은 없습니다. 그저 면담을 요청하는 방문이 전부입니다."

증거는 숫자만큼 차갑다. 늘 뜨겁다고 생각하는 나 자신도 내려놓고 차갑게 상대방의 논거를 하나하나 박살 내야 하는 그런 날이다.


검사가 다시 묻는다. "왜 굳이 그 자리에 머물렀나요?"

남숙자 씨가 고개를 들었다. "면담하고 싶었습니다. 갑자기 일터를 잃게 생겼는데, 설명을 듣고 싶었습니다."

이윤영 씨가 이어서 말했다. "내일 오라던 날도 있었어요. 그래서… 또 온 겁니다."

나는 그 짧은 대화를 종이에 세 번 밑줄 쳤다. 면담, 일터, 설명. 이 세 단어는 이 사건의 핵심이다. 바로 그 이유로, 이들의 구청 방문은 '21회'로 늘어났다는 것을 나는 변론 내내 주장했다. 확신이 선 말투 때문인지 호흡도 가라앉고 조금 마음이 편안해졌다. 그걸 느꼈는지 뱃속의 아이가 규칙적으로 움직였다. 일종의 리듬 같았다. 규칙적인 리듬 덕분인지 나의 변론도 나만의 박자를 찾아가기 시작했다.

군더더기를 솎아내고, 말의 순서를 갈아엎고, 침묵을 더 오래 견디게 했다. 공판은 때로 음악 같다. 너무 빠르면 박자가 어긋나고, 너무 느리면 멜로디가 사라진다. 그날 나는 내가 평소에 변론하는 것보다 다소 느리게 말을 이어 갔다. 질문은 짧게, 요지는 앞에, 결론은 조금 뒤에 붙이며 평소보다 또박또박 말했다고 생각한다.

## 법정 밖, 복도에서 있었던 일

변론이 끝나고 법정 밖으로 나왔다. 배가 또 단단해졌고, 나는 의자에 반쯤 걸터앉아 숨을 고르고 있었다. 그때 남숙자 씨가 먼저 다가왔다.

"변호사 새댁, 허리… 꽤 아프죠?"

"네? 아… 괜찮습니다."

"아까 배를 만지던데… '일등이'도 힘들었지, 고생했다. 엄마 힘들게 하지 말고 쑥~ 나와야 하는데."

내 배를 살살 쓰다듬는 남 씨. 옆에 있던 최영숙 씨는 걱정스러운 눈으로 바라봤다.

"저희는 죄인이고, 변호사님은 엄마잖아요. 엄마 배부터 챙기세요."

"죄인이라니요. 아직 판결도 안 나왔는데요."

나는 고개를 저으며 말했다. 그랬더니 다들 한마디씩 거든다.

"맞아~ 우리 죄인은 아니야. 아직."

"언니! 부정 탄다니까 왜 그런 소리를 자꾸 하노? 고시래해라, 고시래!"

또다시 시작된 시트콤에 나는 조금 긴장이 풀린 듯 웃었다.

"오늘은 제가 위로받아도 되는 날이네요."

고개를 격하게 끄덕이던 세 사람은 서로 눈짓을 주고받으며 임신한 나를 부지런히 챙겨 주었다. 늘 긴장감으로 팽팽한 법정에서 처음 느껴보는 '포근한' 감정이었다. 물론, 그 감정에 휘말려 재판에 임해서는 안 되겠지만, 잠시 쉬는 시간, 그런 감정이 드는 게 나쁜 일은 아닐 것 같았다.

그리고 다음 기일을 앞두고 의견서를 고쳐 썼다. 사건의 경위는 짧게, 청사에 방문했던 상황은 눈에 보이듯 더 정확하게. 보상 금액의 구체적 요구가 아니라 '생계를 마련해 옮길 때까지 사정을 봐달라'는 문구를 넣었다. 또 지자체장에 대한 면담 요구가 번번이 무산되어 절망했던 피고인들의 사정, 그래서 내부 집회로 이어진 경로를 일직선으로 놓았다.

검찰 측 주장을 고려해 소수 방문과 거리두기 준수, 그리고 생수와 '내일 오라'는 기록을 붙였다. 마지막으로, 피고인들이 퇴거 요구에 곧바로 응하지 않은 횟수를 인정하면서도, 그 사이에 낀 행정의 신호와 생존의 사정을 한 줄로 묶었다. 문장 끝에 괄호를 고민하다가 지워 버렸다. 해석 없이 설득할 수 있다고 생각했기 때문이다. 그리고 최후변론에서 나는 법조문 대신 상식을 언급하며 이야기했다.

"존경하는 재판장님, 피고인들은 자신이 저지른 잘못을 인정하고, 깊이 반성하고 있습니다. 피고인들은 이 사건 이전에 어떠한 전과도 없던 사람들로, 자신들의 행위가 죄가 된다는 것을 알았더라면 결코 이렇게 하지 않았을 것입니다. 다만, 사람 셋이 퇴거 요구를 받은 건 네 차례였지만 무시와 외면을 당한 건 더 많은 횟수였다고 생각합니다. 숫자가 가리키지 못한 것을 봐 주십시오."

말을 마치자, 재판장은 피고인 쪽을 스치듯 보았다. 그리고 보

일 듯 말 듯 아주 조금 끄덕였다. 그 작은 움직임이 결과의 전부
는 아니겠지만, 그날의 공기를 바꿀 만큼은 되었다.


## 건강하게 순산하길 기원해 준 어머니들

"내가 배 한 번 만져 주고 가도 돼요?"

최후변론을 마치고 법정 밖으로 나서며, 뜬금없는 제안에 고개
를 들어 세 명의 피고인, 아니 어머니들을 바라봤다.

"배요? 제 배를요?"

"응. 만져 주면 순산할 거예요. 우리 다 순풍순풍 낳았어. 특히
나는 진통도 거의 없었다니까요."

한없이 선한 이들의 눈빛에, 나는 거절하지 못하고 웃으면서 고
개를 끄덕였다. 세 명은 돌아가며 내 배를 정성스럽게 쓰다듬었
다. 그리고 '일등이'에게 좋은 이야기를 한마디씩 건네주셨다.

"배 모양을 보니까 딸이네. 만져 보니까 딱 알겠네요. 아기가 진
짜 예쁘게 생겼어요."

배만 만졌을 뿐인데 아직 태어나지도 않은 아기가 예쁘게 생겼
다니. 나도 모르게 헛웃음이 났다. 자신들의 재판 결과가 어떻게
나올지 걱정된다며 노심초사한 건 불과 1~2분이었고, 내 배는 몇
십 분째 만지고 있는 어머님들이다. 이렇게 내 출산에도 진심일
줄이야.

그렇게 재판이 끝나고 집에 돌아가는 길, 일등이가 배 안에서
발을 톡톡 친다. 그렇게 리듬을 타면서 나는 변호인의견서 위에

문장 3개를 적었다. 짧게, 정확하게. 말의 속도를 사람의 속도에 맞추기. 다음 재판에는 꼭 이 문장을 적용해 보리라 다짐했다. 그리고 출산을 대비해서 내일부터 체력을 만들기로 결심했다.

증거는 차갑고, 사람은 뜨겁다. 둘 사이의 다리를 만드는 일, 그게 내 직업, 변호사가 하는 일이다.

그래서 재판은 어떻게 됐는지 궁금할 것이다. 불러 오는 배를 붙잡고 재판에 임했지만 어떤 사건 못지않게 최선을 다했다. 그리고 결과는 일부 무죄 그리고 벌금형. 특히 벌금형일 경우엔 집행유예가 선고되는 경우가 드물지만, 이 세 명의 피고인에겐 집행유예가 선고됐다. 처음 법원에 왔을 때 긴장한 표정으로 덜덜 떨었던 세 사람은 벌금형에 집행유예 판결을 받고 고개를 숙이며 안도했다. 그리고 다시는 이렇게 법원에서 뵙지 않길 바란다는 마음을 전달했다. 짧게 끄덕였다.

"변호사 새댁은 꼭 순산해야 해요!"

덧붙이는 것도 잊지 않았던 남 씨였다.

# 3.

## 평범한 날,
## 평범한 이들은 피고인이 됐다

국선변호사가 되고 가장 먼저 배운 것은, 스케줄표가 무용지물일 때가 많다는 점이다. 처음 적어 놓은 주간 계획표는 한눈에 보기에도 단정한데, 늘 급작스럽게 날아온 사건이 그 사이사이의 공간을 채우면 순식간에 난장판이 된다. 숨 가쁘게 재판이 많은 날, "오! 다행히 내일은 재판이 없네?" 하고 "내일은 기록 정독 데이!"를 선언하면, 공판 기일이 임박한 구속사건의 국선변호인 선정결정문이 우편으로 날아와 급하게 곧바로 내일 날짜로 구치소 접견을 예약한다. "오늘은 기필코 서면 마감 모드!"로 앉으면 피고인이 서류를 잔뜩 들고 찾아와 변호사님을 꼭 만나야 한다며 상담 때 했던 말을 여러 차례 반복해서 한다. 옆에 쌓여 있는 기록과 기일이 임박한 재판 변호인의견서에 대한 부담은 오롯이 내 몫이다.

누가 보면 롤러코스터 같은 생활이지만, 이 스피드 속에서도 규칙은 있다. 짧고 정확하게. 먼저 듣고, 필요한 만큼만 말하기. 국선 사건은 종종 두 종류의 언어를 데려온다. 하나는 길고 어려운 법률 용어, 다른 하나는 짧고 뜨거운 생활어다. 전자는 '위법성조각사유 전제사실에 관한 착오' 같은 난해한 이름이고, 후자는 '폭행' 또는 '불륜'이나 '원수' 같은 거친 단어다. 변호사의 일은 그 둘을 같은 테이블에 앉히는 일이다. 법의 논리를 생활의 속도로 설명하고, 생활의 분노를 법의 구조로 정리하는 것이 내가 하는 일의 전부다. 미드나 영화에서처럼 "이의 있습니다!"를 외치면 무게를 잡는 장면은 실제 법정에 거의 없다. 대신, 꾸준히 묻고 정확히 정리하는 루틴이 있을 뿐이다.

# 평생 들어 볼 일이 있을까?
# 위법성조각사유 전제사실에 관한 착오

무슨 말을 하려는지 알고 있다. 제목만 보면 외계어 같을지 모른다. 그런데 변호사에게도 법은 어렵다.

책장을 넘기고 챕터를 스킵하려는 그 손을 잠시 멈춰 주길 바란다. '위법성조각사유 전제사실에 관한 착오'라는 어려운 말이 등장해 심란하겠지만 이건 체육관에서 일어난 사건에 대해 재판에서 언급된 법률 용어다. 핵심은 체육관 사건이다. 그러니 흥미를 잃지 말고, 따라와 주길 바란다.

법률가라도 처음 접할 때부터 지금까지도 유독 가까워지기 어려운 법률 용어들이 있다. 체육관에서 일어났던 몸싸움이 법정 다툼으로 이어졌던 이 사건에서 언급된 용어가 대표적이다. 위법성조각사유 전제사실에 관한 착오. 내가 변호인의견서에 이 용어를 쓰게 되리라 생각해 본 적이 없었다. 이 사건을 만나기 전에는 말이다.



장소는 동네 체육관이었다. 시간은 저녁. 이 체육관의 관장 송경호와 회원 이상훈이 언쟁을 벌이던 가운데 몸싸움이 붙었다. 코치였던 피고인은 그때까지 뒤엉킨 두 사람을 지켜보고 있었다. 그런데, 피해자가 주머니에서 작은 물건을 꺼내 쥐는 걸 보았다. 그 순간 피고인의 뇌는 자동으로 '위험'이라 판단했다.

"혹시 칼?"

판단과 동시에 몸을 움직인 그는 피해자의 손을 펴서 무엇인지 확인하려 했고, 그 과정에서 피해자의 손가락에 골절이 발생했다는 이유로 상해죄가 적용되었다(공소사실 요지).

사건의 표면은 단순해 보인다. 하지만 법이 바라보는 건 대중의 시선과 다를 때가 많다. 법정에서 다퉈진 것은 '손가락을 펴게 하는 과정에서 상해를 입혔느냐'가 아니라, '그때 그 자리에서 피고인이 무엇을 보았고 무엇을 믿을 수 있었는가'였다.

이 사건은 흔히 '위법성조각사유 전제사실에 관한 착오(약칭 '위전착')'를 설명할 때 거론되는 대표적 사례가 됐다. 그리고 이 대표적 사례의 1심 재판을 내가 맡았었다.

사건의 재판을 앞두고 처음 만난 피고인은 전역을 한 직후였다. 군검찰에서 조사받고 기소된 사건의 국선변호를 맡은 나에게 피고인은 고개를 푹 숙인 채 연신 죄송하다고 말했다. 뭐가 죄송한 걸까? 썩 마음에 드는 태도는 아니었다.

"죄송합니다. 그냥 제 잘못이에요."

"그렇게 말하는 건 재판에 도움이 안 됩니다. 나는 심영원 씨를 도와주는 변호사잖아요. 뭐가 잘못인지 아니, 정말 잘못이 있는지 따지는 게 재판이고요."

그리고 나는 의견서를 들어 보였다.

"공소사실을 보고 피고인이 낸 의견서가 이거 맞죠? 여기 보면 공소사실 모두 인정이라고 동그라미를 쳐 놨어요. 왜 이렇게 한 거죠?"

"제가 억지로 손가락을 펴게 해서 다친 게 맞으니까요."

"어휴."

나도 모르게 짧은 한숨이 새어 나왔다. 가끔 이런 피고인을 만난다. 자신이 잘못했다고 이야기하는. 물론 자기 잘못을 인정하는 태도는 나쁘지 않다. 하지만 덮어놓고 '내 잘못이요'라는 태도는 오히려 역효과를 불러올 수 있다.

"아니야, 아니에요. 피고인. 제가 좀 찾아볼게요."

그렇게 피고인을 보낸 뒤 나는 형법 책을 다시 펼쳐 들었다. 고의성이 없었다는 걸 어떻게 입증할 수 있을까? 유무죄를 어떤 방식으로 다퉈야 하는가? 몇 날 며칠간 고심이 이어졌다. 그러고 나서 떠올린 것이 위법성조각사유 전제사실에 관한 착오였다.


### 사유가 있다고 판단해서 한 행동인가 아닌가?

이 사건에서 공소사실의 뼈대는, 관장의 격렬한 제압 과정—멱살, 넘어뜨림, 복도로 밀고 나감—사이에서 피고인이 피해자의 주먹을 강제로 펴게 했다는 것이고, 그 결과 피해자가 골절 등 상해를 입었다는 것이었다.

그럼에도 '나한테 정당방위 사유가 있다'고 생각하는 것, 곧 그게 '위법성 조각 사유가 있다'고 생각하는 것이다. 그리고 이 사건에서는 '정당방위 사유가 있다고 생각해서 행동한 것'이라는 게 나의 논지였다. 풀어서 다시 이야기하면 "나는 이렇게 하는 행동이 정당방위 또는 정당행위라고 생각했다." 그런데 '실제로는 정당방위 상황이 아닌데, 그런 상황이라고 착각할 만한 충분한 사정이 있었다'는 걸 이해시키면 되는 것이었다.

이후 공판에선 두 개의 첨예한 시선이 교차했다. 검사의 시선은

'다쳤다'는 결과를 향하고 있었다.

"결국 피고인이 피해자의 손을 강제로 폈고, 다친 것이 결과가 되었습니다."

다른 하나, 변호인의 시선은 이 충돌의 시작점을 향했다.

"만약 실제로 피해자가 위험한 물건을 들고 관장인 송경호를 공격하려고 하였던 것이라면 적어도 정당방위 또는 사회상규에 위배되지 아니하는 정당행위로 위법성이 조각될 가능성도 있었을 것입니다. 그러나 이 사건에서는 피해자가 주머니에서 꺼내어 꽉 쥐고 있던 물건은 위험한 물건이 아니라 호신용 칼 크기의 휴대용 녹음기에 불과하였으므로, 객관적 상황은 정당방위 또는 정당행위의 전제 사실에 해당할 수 없었습니다."

검사는 구성요건 충족을 내세웠고, 변호인은 위법성조각사유(정당방위 또는 정당행위)의 전제 사실을 오인했으나 그 오인에 정당한 이유가 있었다고 맞섰다. "그때, 그렇게 믿을 만한 이유가 있었는가?"가 쟁점의 중심으로 이동했다. 법정에서 오간 질문의 핵심은 크게 네 가지였다.

첫째, 피해자가 손에 쥔 물건을 흉기라고 의심할 만한 형상과 상황이었는가?

둘째, 관장이 이미 피해자를 격렬하게 제압하던 찰나, 다른 안전한 수단이 있었는가?

셋째, 피해자가 "손을 펴 달라"는 요구를 거듭 거부했는가?

넷째, 그럼에도 피고인이 선택한 압박이 최소한의 필요조건이었는가?

　재판장은 세 사람이 엉겨 붙었던 '그 순간'을 어떻게 볼 것인가를 끊임없이 고민했다. 이 사건에서도 증거는 결국 '그 순간'을 중심으로 배치됐다. 관장이 피해자를 복도로 밀어 넘어뜨리고 목을 조르는 등 강한 제압을 하던 급박한 장면, 피해자가 왼손을 주머니에 넣어 물건을 움켜쥔 장면, 피고인이 반복해서 "손을 펴 달라"고 요구했으나 응답하지 않았다는 장면. 쟁점의 프레임은 미세하지만, 결정적으로 바뀌었다. 피고인이 왜 '손가락을 펼쳤느냐'가 아니라, '그 손을 왜 펼치려 했느냐'가 쟁점으로 떠오른 것이다.

### 첫째, 사실의 축

나는 사건을 분 단위로 타임라인화했다.

① 언쟁의 시작 → ② 관장의 격렬한 제압(멱살, 넘어뜨림, 복도로 이동, 목 누름과 굴리기) → ③ 피해자의 '주머니-꽉 쥠' → ④ 피고인의 반복된 구두 요구("손을 펴 달라") → ⑤ 확인 행위로서의 펼침 → ⑥ 실제 물건은 휴대용 녹음기였음을 확인.

여기까지가 '그 순간'의 디테일이다. 어느 부분도 과장하지 않는다. 왜냐하면 과장은 정당한 이유를 약하게 만든다.

## 둘째, 법의 축

법리는 짧게, 그러나 정확하게 언급하기로 했다. '위법성조각사유 전제사실에 관한 착오'를 들고 법정에 선 나는 사실에 관한 착오 역시 정당한 이유가 있으면 위법성조각사유에 해당한다는 점을 강조했다. 쉽게 말하면 사실을 착각하고 한 행동이라면, 그건 '법을 어긴 걸로 보지 않을 수 있다'고 강조한 것이다. 정당방위 등 위법성을 없애는 상황이 실제로는 존재하지 않았지만, 존재한다고 오인한 경우였다는 점을 부각했다.


## 셋째, 사람의 축

끝내 관건은 동기와 정도라고 봤다. 피고인의 개입은 제압·응징이 아니라 확인·제거였다. 그는 '손을 펴 달라'는 요구를 거듭했고, 그럼에도 피해자가 계속 쥐고 있던 '무엇'이 실제로 흉기였다면 즉시 주변에 중대한 위험이 발생할 수 있었다. 피고인의 행위가 필요 최소한의 범위에서 이루어진 방어적 개입임을 반복해서 설명했다. 복잡한 용어 대신 인간의 상식으로 번역하면 이렇다.

"그 순간엔, 그렇게 믿고 움직일 만했다."

그리고 법정에서 이 문장에 대한 이해를 끌어내는 것이 내 역할이었다.


나는 법정으로 향하기 전 피고인에게 말했다. "저도 한 번에 못 읽습니다. 같이 쪼개 보시죠." 그렇게 '위법성조각사유 전제사실에 관한 착오'라는 긴 단어를 쪼갰고, 설명했다. 이후 같은 방식으로 피고인의 머릿속에 들어왔을 생각을 쪼갰다.

"칼이라고 믿을 충분한 사정이 있었고, 그래서 손을 펼쳐 확인하려 했다면, 그건 '폭행'이 아니라 '위험 제거'를 위한 행동 아닌가요?" 피고인도 그렇다고 고개를 끄덕였다.

1심 재판부는 빠르게 결론을 지었다. 법원은 피고인의 오인에 정당한 이유가 있었다고 보아 무죄를 선고한 것. 요지는 다음 문장으로 정리된다. "관장이 피해자를 강하게 제압하던 급박한 장면에서, 피해자가 손에 쥔 물건이 흉기로 보일 수 있었고, 피고인은 다른 수단 없이 손을 펼쳐 위험을 제거하려 했으며, 그 오인에는 정당한 이유가 있었다. 따라서 공소사실은 범죄가 되지 아니한다." 형사소송법 제325조 전단에 따른 무죄판결이었다. 하지만 늘 그렇듯이 재판은 한 번에 끝나지 않는다.

## 끝까지 가요. 무조건!

1심에서 선고 전 마지막 공판 기일, 이 사건은 무죄가 선고되어야 한다고 확신에 차 있던 나와 달리 피고인의 표정은 밝지 않았다. 처음 상담할 때보다는 살아난 듯하지만, 그는 이미 체념한 듯했다. 어쩌면 피고인의 입장에서는 당연한 것이기도 했다. '손가락을 다치게 했다'는 자신의 행동과 그에 대한 후회가 머릿속을 지배하고 있었으리라. 하지만 나는 이 사건에서 피고인은 무죄라는 확고한 생각이 있었다. 그래서 1심 재판이 끝나고 피고인에게 힘을 주어 말했었다.

"혹시라도 유죄가 나오면 꼭 대법원까지 가야 해요."

"1심에서 무죄를 받더라도 항소심에서 유죄가 나올 수도 있다는 거네요. 그런 상황에서 대법원까지 가는 게 맞을까요?"

"아니야. 이건 무조건 무죄예요. 그러니까 힘들겠지만, 대법원까지, 끝까지 가요. 알았죠?"

사실 내가 법정 드라마에서 가장 조심스레 다뤄야 한다고 생각하는 부분은 저거다. 저 문장, "끝까지 가요. 끝까지 가야 해요." 하지만 변호사로서 저건 무책임한 말일 수 있다. 그래서 나는 절대 저 말을 함부로 하지 않는다. 끝까지의 경우는 대체로 대법원까지를 말하는데, 그렇게 긴 재판이 진행되는 동안 재판 당사자들의 몸과 마음은 지칠 대로 지친다. 또 적지 않은 변호사 수임료도 길고 긴 재판을 견디기 힘들게 하는 요소다. 그래서 어쩌면 저 순간에는 내가 국선전담변호사라 좀 더 쉽게 말할 수 있었던 것 같다. 그렇게 재판 뒤 정작 내가 그 무책임하다고 생각했던 말을 피고인에게 하고 있었다.

"끝까지 가야 한다."라고.

예상대로 1심 무죄판결 뒤, 검사는 항소했다. 수개월 뒤 열린 2심에서는 원심을 파기하고 심영원 씨에게 벌금 200만 원을 선고했다. 그리고 그는 나와 약속한 대로 대법원까지 사건을 끌고 갔다. 긴 싸움이었다. 그렇게 2년간의 지나가고, 어느 날 나에게 전화가 한 통 걸려 왔다.

"변호사님, 저 기억 나세요? 체육관 사건이요."

스프링처럼 자리에서 튀어 오르듯 일어섰다. 사무실 사람들의 시선도 느껴지지 않을 정도로 통화에 온 신경이 곤두섰다. 당연히 기억하고 있었다. 대법원까지 사건이 올라간 것도 알고 있었기에 숨도 쉬지 않고 빠르게 물었다.

"무죄에요? 무죄 받았죠?"

"네, 지난주에 최종 판결이 나왔어요. 변호사님 말대로 대법원까지 갔다가 다시 파기환송 되어서, 결국 무죄를 받았어요."

감사하다며 뭐라고 이야기를 더 하는데, 귀에 들어오지 않았다. 그저 잘했다, 잘했어. 나는 중얼거리며 반복했다.

"끝까지 가요."라는 말을 듣고 피고인이 얼마나 심경이 복잡했을지 담당 변호사였던 나는 안다. 사건 발생일로부터 무죄가 확정된 날까지 무려 5년. 긴 시간이었을 텐데 그래도 잘 버티고 여기까지 왔구나 싶은 생각이 들었다. 고개 숙이고 연신 죄송하다고 했던 피고인의 표정이 떠올라 전화를 받는 동안 코끝이 시큰해졌다.


## 판결을 돌아보며

이 사건을 정리하며 내가 계속 되뇐 것은 세 가지였다. "이 재판에서 가장 중요한 문장이 무엇이냐?"가 첫 번째였다. 즉, "그 순간에, 우리는 무엇을 믿을 수 있나?"라는 문장이 판결을 갈랐다고 본다. 형사법은 늘 '사후'의 언어로 기록되지만, 죄의 경계는 '사전 또는 동시'의 시간에 그어진다. 다시 말하면 재판을 바라볼 때 우리는 늘 사건의 결과에 집중하게 된다는 것이다. 사건이 일어난 그 순간 피고인의 행동을 유발한 것이 무엇이었나를 주의 깊게 봐야 사건의 얼개를 파악할 수 있고 그들의 행동이 이해되기 시작한다. 이 사건에서 피고인의 손은 결과적으로 칼을 쥐지 않은 주먹을 강제로 폈다. 맞다. 그게 결과다. 하지만 사건 당시 적어도 그 순간에는 그것이 잘못된 결정이 아니었을 수 있다는 주장에 법이 손을 들어 준 것이었다.

두 번째로 나는 변호사지만, 인간적으로 아이를 키우는 부모의 마음으로 이 장면을 계속 플레이해 본다. 누군가가 내 옆에서 뒤엉켜 몸싸움하고, 상대가 손에 작은, 정체불명의 물건을 움켜쥐었다? 나도 우선 확인하는 것을 택했을 것이다. 법은 그 선택을 무조건 용인하지 않는다. 그래서 '정당한 이유'라는 조건을 달았다. 조건부의 관용, 나는 그 표현을 마음에 새겨넣었다.

마지막으로, 법 강의에서 이 사건을 자주 소환하는 이유를 곱씹어 보았다. 손바닥만 한 물건 하나가 칼 또는 휴대용 녹음기로 보이는 그 미묘한 차이는, 우리의 일상 어디에든 있다. 법은 그 미묘함을 사후에 공정하게 재구성하려고 애쓴다. 그리고 변호사의 일은, 그 재구성의 과정에서 사람의 속도를 법의 언어로 끝까지 통역하는 일이다.

　이 장의 첫 문장을 다시 떠올린다. "그때, 우리는 무엇을 믿을 수 있나." 실무의 대답은 이렇다. 보았고, 들었고, 요청했고, 거부되었다. 그 네 단어가 정직하게 연결될 때, 정당한 이유는 설득력을 얻는다.

# 도파민 터지는 불륜과
# 법률이 만나면?

### 드라마보다 매운, 현실 법정의 '사랑과 전쟁'

법정에서 다루는 사건 중 가장 도파민이 강렬하게 터지는 건 불륜을 다룰 때가 아닐까 싶다. 법정 드라마에서도 빠지지 않고 등장하는 단골 소재. 어릴 때는 저런 자극적인 내용을 어떻게 방송에 다룰까 싶었는데, 현실은 그것보다 더한 경우가 허다하다는 걸 재판을 통해 깨닫게 됐다.

'드라마 사랑과 전쟁은 순한 맛이었군.'

이 사건도 안타깝지만, 인생의 매운맛 중 하나인 불륜에서 시작된 사건이다. 공소장에 적힌 내용은 통신비밀보호법위반이지만, 그 이면에는 낯 뜨겁고 자극적인 불륜 관련 단어들이 나열되어 있다. 사랑의 배신을 증명하기 위해 타인의 대화를 몰래 듣는 것은 엄중한 실책이 된다. 불륜이라는 인생의 매운맛을 목격한 대가가, 도리어 전과자가 될 위기로 돌아오는 모순. 법정에서는 '사랑의 확인'보다 더 상위의 가치가 있다는 점을 염두에 두길 바라며, 이 사건을 들여다보겠다.

**사건 개요** ____________________

피고인 강신동(가명) 씨는 남편과 동료 직원과의 불륜 관계를 의심하게 됐고 다툼이 잦아졌다. 결국 증거를 잡기 위해 차에 녹음기를 설치했다. 그 이후 녹음을 확인한 강 씨는 동료 직원 이혜은(가명) 씨를 상대로 민사소송을 제기했다. 그런데 이 과정에서 녹음을 증거로 제출했다며 이 씨가 강 씨를 고소하였고, 검찰은 강 씨를 통신비밀보호법 위반으로 기소했다.

## 그녀는 합당한 의심이었을 뿐이라고 말했다

피고인 강 씨는 어느 날 문득 남편의 행동에서 이상함을 느꼈다고 한다. '설마 바람인가?' 그리고 의심은 계속되었고 급기야 남편과 동료 직원의 관계에 의문을 품기 시작했다. 의심의 꼬리를 좇다 보니 밤은 금세 새벽이 됐다. 결국 그날 새벽, 그녀는 해서는 안 되는 행동을 하고 말았다.

남편의 차 안에 녹음기를 넣어 두었다. 그리고 남편이 차 안에서 누군가와 나눈 대화는 고스란히 녹음되었다. 문제는 강 씨가 이 녹음을 혼자만 듣고 지워 버린 게 아니라 민사 재판에서 그 녹음 파일을 증거로 제출했다는 점이다. 통신비밀보호법 위반이 될 수 있는 상황이었다.

"자꾸 의부증으로 몰아가잖아요. 핵심은 둘이 바람을 피운 거잖아요. 그거 들키니까 물타기 하려고 통신 보호가 어쩌고 떠드는 거죠."

"흠…. 그래서 상간녀에게 민사소송을 제기하신 거죠? 이 녹음 파일을 근거로."

"맞아요. 나 참! 인터넷에 올린 것도 아니고 직장에 보내서 망신을 준 것도 아니고, 그냥 재판에 증거로 제출한 건데…."

나는 건조하게 대답했다.

"인터넷에 올리거나 직장에 보내셨으면 문제는 더 심각해졌겠죠. 그렇게 할 생각은 아니었죠?"

멈칫하는 피고인이 보인다. 내가 같이 남편 욕해 주는 옆집 새댁 같은 스타일이 아니라고 생각했는지 그녀는 억울하다는 말만 반복했다.

"심지어 처음에 재판받을 때도 절대 불륜 아니라고 저를 의부증 환자로 몰아가고 거짓말을 하니, 어쩔 수 없이 그 더러운 음성 파일을 판사님에게 들려주기만 했다고요. 정말 억울해요."

"네, 그렇게 증거로 제출하신 거겠죠."

나는 쓰게 웃으며 피고인의 말을 정정했다. 이렇게 법을 모르는 피고인들은 자신의 행동에는 악의가 없었다느니 억울하다느니 하는 이야길 반복한다. 하지만 그건 법정에서 별 의미가 없는 주장이 되기 십상이다.

## 도파민 터지는 불륜 재판? 드라마라 가능하다

강 씨처럼 나를 배신한 배우자에게 그에 상응하는 대가를 치르게 하는 건 부부로서 당연한 권리라고 생각하는 사람들이 많다. 하지만 법적 소송으로 권리를 행사해야 문제가 생기지 않는다. "당장 두 연놈을 뜯어 버리고 싶어요."라고 말하지만 그걸 행동으로 옮기는 순간, 상대방에게 반격의 빌미만 제공해 줄 뿐이다. 도파민이 터지는 순간, 그 감정에 따라 행동하게 되면 또 다른 문제가 발생하게 되는 것이다.

나는 냉정하게 그녀의 오래된 문자 메시지, 각서, 사직서, 별거의 흔적들을 차례로 읽어 내려갔다. 사랑의 실패가 법원 문장의 어법을 만나면 이렇게 변한다. '연인 관계로 발전', '성관계 사실', '각서 교부', '별거 개시'. 부부 사이에 오가는 말은 딱딱해지고, 내연 관계의 상대와 주고받은 대화는 낯 뜨겁다. 그리고 살을 맞대고 살 만큼 가까웠던 부부 사이엔 커다란 장벽이 생긴다.

차량에 녹음기를 넣어 배우자와 직원의 대화를 녹음했고, 이후 민사소송에 녹취록을 제출했다는 강 씨. 당시 민사재판부는 강 씨의 손을 들어 주었다.

"피고는 원고에게 2천만 원을 지급하라." 불륜 사실이 인정됐고 위자료가 일부 인용됐다. 그런데 반전은 선고 두 달 뒤, 동료 직원 이 씨가 아내인 강 씨를 고소했다는 점. 통신비밀보호법을 위반했다는 내용을 걸고넘어졌다.

"그 녹음 파일을 민사 법정이 아닌 다른 곳에서, 누군가에게 들려준 사실은 없죠?"

“아뇨, 아뇨, 전혀 없어요. 들려줄 만한 것도 못 되는 그런, 정말 듣고 싶지도 않은 더러운 내용이에요.”

내 말을 자르며 눈을 질끈 감는 강 씨. 들려줄 가치도 없다는 그 파일을 녹음한 것은 자존심을 지키기 위한 최후의 선택이었다고 말했다.

“아까 말했잖아요. 제가 의부증이라서 이런 일이 일어난 게 아니에요. 저를 이상한 사람으로 만드는 게 싫었다고요! 먼저 바람을 피웠고 그걸 내가 추궁하게 된 거라고요.”

울분에 찬 성토, 이것이 이 공판에서 내가 내세울 핵심 논거였다. 피고인은 미치지 않았고, 의부증도 아니었단 걸 보여 주기 위한 수단이자 자신의 의심을 증명할 수단으로 녹음을 택했을 뿐이라는 걸 어필하는 방향으로 변론 요지를 정리했다.

## 인정할 건 빠르게 인정하는 게 답

첫 공판, 강 씨의 표정은 의외로 또렷했다. 무너진 뒤의 사람이 가끔 보여 주는, 되려 곧은 얼굴이었다. 검사는 공소사실을 간결하게 낭독했다. 나는 강 씨의 어깨를 한 번 두드리고 피고인석 옆에 앉았다.

“피고인, 공소사실 인정하는 걸로 정리하면 될까요?”

“네⋯. 다만 그때는, 그 방법밖에 없다고 생각했어요.”

이 사건은 말보다 시간 구조가 중요했다. ‘시간의 재배열’이라고 부르는데, 우리는 장면을 시간순으로 정렬한다. 그리고 하나씩 따져 간다. 이 사건은 의심이 싹튼 순간, 실제로 관계가 확인된 밤, '다시는 만나지 않겠다'는 각서, 그다음 날의 별거, 그리고 거짓이 거짓을 덧칠하던 나날. 민사 재판에서는 이미 불륜 사실이 인정되었고, 위자료가 일부 인용되었다. 통신비밀보호법의 틀 안에선 녹음과 누설이 위법일 수 있어도, 동기와 맥락은 양형에 반드시 들어가야 한다.


"공소사실을 인정하는가요?" 재판장은 짧게 물었다.

강 씨가 허탈하게 웃으며 답했다. "판사님, 제가 미쳐서 그런 게 아니라는 걸… 누군가 한 사람은 믿어 줘야 하잖아요."

판사는 말없이 피고인에게 짧게 시선을 건넸다.

나는 메모지에 한 줄을 적었다.

'믿음의 부재가 만든 증거의 과잉.'

그리고 예상대로 검사는 "공개되지 않은 타인 간 대화"라는 말을 반복했다. 나는 강하게 싸우지 않았다. 이 변론에서 '무죄'는 우리 목표가 아니었기 때문이다. 인정할 건 인정하고, 왜 그 녹음 버튼을 누를 수밖에 없었는지를 설득하는 편이 더 확실했다. 강 씨는 민사 소 제기 전, 상대에게 '만나지 않겠다'라는 내용의 각서를 받아 두었지만, 상대는 곧장 말을 뒤집었다. 결국 의심은 사실이 되었고, 믿고 싶지 않았던 사실 위로 거짓이 쌓이면서 강 씨는 무너질 수밖에 없었다. 결국, 녹음 버튼을 누를 수밖에 없는 상황에 이르게 된 것이다.

가끔 법정 드라마나, 소설에서 괴리감이 느껴지는 변호사의 태도가 바로 이 부분이다. "인정할 수 없습니다!"라고 말하는 순간 현실감은 사라진다. 이미 증거로 드러난 사실, 심지어 재판으로 정리가 끝난 내용을 부정하는 변호사는 없기 때문이다. 법에 저촉되는 행동을 한 것이 명확할 때는 인정하고 그런 상황을 선택할 수밖에 없었던 피고인의 처지를 강조하는 것이 현실 법정의 모습이며, 그게 더 효과적인 전략이다.

## 나는 법정에서 가끔 '온도'를 느낀다

최후변론 전, 나는 피고인을 바라봤다. 차가운 법 앞에 미지근한 온도를 보이는 강 씨. 온도 차가 큰 둘이 붙으면 응결이 생기는 건 당연하다. 변호사는 그 응결을 닦아내는 일을 자주 하게 된다.

"존경하는 재판장님. 피고인의 행동은 법조문만 놓고 보면 위법한 행위입니다. 그러나 이것은 '남을 해치기 위한' 위반이 아니라 '자신을 지키기 위한' 위반이었습니다."

나는 차분하게 준비한 최후변론 원고를 읽어 나갔다.

"피고인은 민사소송을 진행하면서 피고인이 한 녹음 행위가 통신비밀보호법 위반이라는 점에 대해 비로소 알게 되었음에도, 피고인의 배우자와 상간녀가 피고인은 '의부증 환자' 취급하며 민사소송에서도 거짓말로 일관하고 있어, 피고인의 배우자와 상간녀의 불법 행위를 증명할 수 있는 유일한 자료인 본건 녹음 파일을 증거로 제출할 수밖에 없었던 사정이 있었고, 이 대화 내용은 민사소송에서 증거로 제출한 이외에 다른 곳에 공개하거나 누설하지 않았습니다.”

이어서 나는 ‘관계의 시간’을 강조했다. 위법의 시간은 짧고, 상처의 시간은 길다는 걸 피력한 것이다.

“피고인이 이 사건에 이르게 된 경위, 피고인에게 이 사건 이전 어떠한 전과도 없었다는 점 등을 모두 참작하여 주시기를 바랍니다.”

마지막 문단에서 나는 최대한 간단히 말했다.

“처벌은 메시지입니다. 배우자의 부정행위를 증명하려 했던 그 절박함이 곧 위법이 되는 아이러니를, 형 선고를 유예하시어 다독여 주시길 바랍니다.”


## 검은 머리는 파 뿌리가 되지 않았다

선고일 아침, 강 씨는 검은 머리카락을 묶어 올리고 왔다. 선고일에는 보통 변호인이 출석하지 않지만, 나는 그녀의 상태가 걱정되어 법정에 왔다. “지난번 재판 때 숨 쉬기 힘들다고 하셨는데 이후에 어떠셨어요?”

“네. 오늘은 괜찮아요.”

이야기를 주고받는 사이에 재판부가 들어왔다. 모두 자리에서 일어섰다. 그리고 신속하게 판결이 났다.

“주문. 피고인에 대한 형의 선고를 유예한다.”

고개를 푹 숙이고 있던 강 씨는 순간 고개를 들었다. 그리고 질끈 눈을 감았다. 판결 이유가 이어졌다. 법원은 범행의 발단이 된 피고인과 피고인의 배우자, 고소인 사이의 분쟁에서 귀책 사유가 누구에게 있는지 불문하고 피고인이 공개되지 아니한 타인 간의 대화를 녹음하고 이를 소송의 증거자료로 제출하였다는 점에서 죄책은 가볍지 않지만, 부정행위가 민사에서 인정된 점, 녹음의 사용 범위가 제한적이었던 점, 자백과 반성, 이 사건 범행 이전에 형사처벌을 받은 전력이 없다는 점 등을 참작했다. 그래서 '징역 8개월 및 자격 정지 1년'이라는 형의 선고를 유예했다. 따뜻한 말은 아니지만, 분명한 결론이었다.

강 씨는 법정 밖을 나와 복도 의자에 한참 앉아 있었다.

"그만 가셔야죠."

그녀를 일으켜 세우려 말을 건넸다. 나를 올려다보는 강 씨의 표정은 선고유예를 받았음에도 왠지 슬프게 보였다.

"변호사님, 제가 틀린 사람은 아니었죠? 미친 사람도 아니었어요."

처연하게 중얼거리는 피고인에게 나는 고개를 끄덕였다.

"틀리기도 하고, 맞기도 했죠. 살아 있는 사람은 다 그래요. 때론 틀리고 어떨 때는 맞고 그렇잖아요."

씁쓸하게 웃으며 일어나는 피고인. 복도로 나서자, 한마디 더 묻는다.

"변호사님, 혹시 제가 너무 나쁜 아내였을까요?"

나는 피고인과 다르게 시원하게 웃어 줬다.

"그 질문, 법정에서는 못 하죠."

그녀도 웃었다.

"네. 거긴 그 질문하는 곳이 아니더라고요."

"맞아요. 거긴 '사실을 말하는 곳'이에요. 오늘은 그 '사실'이 강신동 씨 편이었던 것뿐이고요. 나쁜 다내였는지 아닌지 판단하려고 애쓰지 마세요."


나는 처음부터 이 결론을 점찍고 법원에 왔다. 무죄가 아니다. 그렇다고 매정한 유죄도 아닐 것이다. 선고유예는 법이 내민 작은 다리다. 법원은 큰 원칙을 확인했다. 동시에 한 가정의 내부에서, 의심과 부정행위가 만들어 낸 그 어두운 골목을 잠깐 비껴 보았다. 그래서 "다음부터는 그러지 마세요."라고, 제도적 목소리로 말해 준 셈이다.

민사소송의 판결문을 펼쳐 보면, 거기엔 상대의 '사랑한다'는 문장들도 그대로 남아 있다. 사랑은 소송 속에서 오래 살지 못한다. 법은 사실을 좋아하고, 사실은 대체로 문장 하나로 요약되기 때문이다. "2천만 원을 지급하라."는 문장을 읽게 되는 순간 뜨겁던 관계가 차갑게 식어 버렸다. 검은 머리가 파뿌리가 될 때까지 사랑하겠다는 서약은 법원의 판결문 한 줄로 차갑게 돌아서 버렸다.


아직 결혼한 지 몇 년도 되지 않은 내가 복잡한 부부 관계를 다이해할 수는 없다. 다만, '믿음의 실패'가 어떻게 '법의 개입'을 부르는지, 이 사건을 통해 명확히 알 수 있었다. 믿음은 관계의 내부 규범이고, 법은 사회의 외부 규범이다. 내부 규범이 깨졌을 때, 외부 규범은 들어온다. 그리고 외부 규범은 늘, 비용을 청구한다. 어떤 비용은 돈으로, 어떤 비용은 전과로, 어떤 비용은 선고유예라는 휴지처럼 부드러워 보이는 종이로. 그리고 모든 결과는 이렇게 말한다. "다음에는 적법한 절차를 먼저 찾으세요."라고.

# 우린 같이 산 죄밖에 없습니다

**가족이나 다름없다는 건 법적으로 가족이 아니라는 말이다**

제목만 보고 치정을 기대했다면 실망스러울 것이다. 여기 중년의 여자 둘이 있다. 둘은 친자매나 다름없이 20년 이상을 한집에서 동고동락해 왔다. 사람들은 그걸 '가족' 같은 관계라고 부를 것이다. 피고인 최명자 씨에게 혜선 언니는 가족 같은 관계였고 친자매나 다름없는 사이였다. 하지만 법은 그들 중 누가 세대주인지, 누가 세대원인지를 가려야 하며, 그에 따라 법률 위반이 될 수 있다고 말한다. "정 없네, 냉정하네."라고 말할 수 있지만, 그게 법이다.

## 같이 산 죄가 있다니

"아니! 빌려준 게 아니라 같이 살았다니까요. 나 원 참."

최 씨의 목소리가 점점 뾰족해진다. 여러 번 같은 취지로 던지
는 질문에 신경이 날카로워졌을 것이다. 하지만 이게 나의 일이
다. 국선전담변호사로 피고인들을 만날 때, 나는 같은 질문을 여
러 가지 방식으로 한다. 생각의 범주를 넓히기 위해서다. 그래야
모두가 보는 방식이 아닌 다른 시선으로 접근할 수 있고 배심원
이나 재판부를 설득할 수 있기 때문이다.

예를 들면, "왜 신호를 어겼습니까?"라는 단도직입적인 질문과
"당시 빨리 교차로를 지나가야 했던 특별한 사정이 있었나요?"라
는 질문은 같은 답변을 유도하지만, 다른 의도로 던지는 질문이
다. 정확히 말하면 후자는 법전에 쓰인 내용을 생활 공간이나 직
장으로 가져와 익숙한 단어로 풀어내기 위한 질문이다. 그렇게

질문하면 피고인은 자신의 이야기를 좀 더 많이 던져 준다.

이 사건의 배경은 공공임대 아파트다. 세 들어 사는 최 씨는 일터에서 동료로 만난 조혜선 씨와 친자매보다 더 가까워졌다. 그리고 아픈 동료를 위해 기꺼이 자기 집 한 칸을 내주었다. 그렇게 20년 이상 한집에 같이 거주하고 있는 두 사람은 가족이나 다름없었다. 그녀도 이런 사실을 강조하며 나에게 목소리를 높였다.

"20년 넘게 같이 살았는데 그게 남이예요? 가족보다 더 가까운 사이잖아요."

"일반적으로 그렇지만 법에선 그렇게 보지 않아요. 아무튼, 생활비는 누가 냈나요?"

"같이 냈죠. 공과금, 장 본 비용도 묶어서 같이 냈어요."

"그런데 왜 전입신고를 늦게 하신 거예요?"

잠시 말문이 막힌 최명자 씨, 언니의 딱한 사정을 이야기하려니 어디서부터 말을 꺼내야 하는지 고민하는 듯했다. 그리고 이내 털어놓은 속 사정은 고단한 우리 이웃의 모습, 그 자체였다.

사실관계의 뼈대는 이러했다. 두 사람은 1998년 무렵부터 동거했고, 20○○년 공공임대주택으로 함께 이사했다. 조 씨는 오랫동안 관절 치료를 받아 거동이 불편했는데, 폐암 투병까지 하게 되었다. 이를 딱히 여긴 최 씨가 함께 지내자고 제안한 것이다. 이후 최 씨는 일하며 공과금과 생활비를 대부분 부담했다. 그 집의 가구와 생필품은 사실상 두 사람의 공동 생활재였다. 다만 조 씨의 주민등록이 한동안 따로 남아 있거나, 행정상 '세대주'로 올라가 있었던 적이 있어 '별도 가구'처럼 보였다는 것이 검사의 논지였다.

문제가 된 것은 행정 서류였다. 어느 시점부터 조혜선 씨가 그집의 '세대주'로 등록되어 있었고, 최 씨는 성당 봉사나 간병 때문에 집을 자주 비웠다. 수사기관은 '최명자 씨가 집을 다른 사람에게 넘겨줬다(전대)'고 보았고, 공공주택특별법 위반으로 기소했다. 하지만 초지일관 최 씨의 대답은 동일했다.

"빌려준 적 없어요. 저흰 같이 살았을 뿐이에요."

## 삶을 재판해야 한다면 증명할 게 아니라 보여 줘야 한다

재판을 앞두고 나는 같이 살았다는 걸 명확하게 보여 주는 게 중요하다고 판단했다. 그게 사실이니까. 또 쟁점을 좁히는 것이 유리해 보였다. 이 사건에서 중요한 질문은 "같이 살았나? 빌려줬나?"이다. 그걸로 전대 여부를 판단할 수 있을 거라고 봤다.

"전대는 '내가 쓰던 걸 남에게 쓰게 하는 것'이지, 같이 사는 건 전대가 아닙니다." 이렇게 중얼거리며 변론의 노선을 정하고 난 뒤, 생활 방식을 확인하며 증거조사를 해 나갔다.

첫째, 두 사람은 처음부터 동거해 왔는가?

둘째, 주소 이전·전입신고의 행정 공백은 왜 생겼는가?

셋째, 임대료·공과금·생활비를 누가 냈는지.

넷째, 집 안의 가구·가전·생필품이 누구 소유인지.

크게 네 가지로 생활 방식에 관한 질문을 던지고 일일이 따져 확인했고, 결국 조 씨를 증인으로 신청했다.

"증인은 ○○아파트에 거주할 당시, 세대원이 아닌 '세대주'로 등록되어 있었는데, 증인도 '세대주'로 등록된 것을 알고 있었나요?"

처음 상담을 왔을 때 그 표정과 동일하게 어이가 없다는 듯 나에게 대꾸하는 피고인.

"우리는 친자매처럼 살았어요. 돈이 없으면 같이 굶었고, 연금이 들어오면 생활비를 조금 보탰고…. 세대주? 저는 그게 무슨 뜻인지 몰라요."

검사는 공소장을 통해 "최명자 씨가 20△△년경부터 다른 곳에 거주하면서 조 씨에게 그 주택을 별도 세대로 사용·수익하게 했다."라고 주장했다. 말하자면 임차권을 사실상 넘겨줬다는 취지였다(전대). 나는 공판 초반의 전략대로, 쟁점을 좁혀 놓고 변론을 펴 나갔다.

공소사실의 핵심은 '별도 세대'와 '사용·수익의 이전'이었다. 하지만 두 사람의 생활상을 확인하면서 검찰 측의 핵심 논리는 점점 힘을 잃었다. 최 씨가 집을 나가 다른 곳에 상시 거주한 적이 있었는지, 조 씨가 집을 배타적으로 점유했는지, 임대차 이익이 이전됐는지 등에 대한 결정적 요소 중 어느 것도 선명하게 입증되지 않았다.

그리고 최종 기일 재판장이 피고인에게 물었다.

"피고인, 이 주택을 조 씨에게 빌려준 적이 있습니까?"

"아닙니다. 항상 같이 살았습니다. 얼마 전 혈관에 문제가 생겨 수술한 남자 친구 보호자로 동반 입원하면서 잠깐씩 비운 날이 있었을 뿐입니다."

검사 측에서 반박했다.

"조혜선 씨가 세대주로 등록돼 있었습니다."

나는 차분하게 앞선 주장을 반복했다.

"세대주 표기는 행정적 표현일 뿐, 전대의 증거가 아닙니다. 생활의 현실은 공동 거주입니다."

이후 나는 변론 요지는 딱 세 가지 질문으로 작성했다.

첫째, '공동 거주'였는가?

타임라인을 19○○년부터 펼쳤다. 동거의 출발, 부동산 사기당하고 공동 파산, 병원 진료와 간병, 임대차 계약 체결, 공공임대 이사, 그리고 퇴거까지. 20년 이상의 단절 없이 이어졌다는 점을 던지고 증명했다. 사진·영수증·진료기록·공과금 납부 내역으로 '같이 살았다'는 말을 연속성으로 맞춰냈다.

둘째, '전대의 실질'이 있었는가?

전대는 법적으로 주거 이익의 이전이 핵심이다. 최명자 씨가 임차권을 사실상 조혜선 씨에게 넘겼거나, 금전 기타 대가를 받고 배타적 점유를 맡겼어야 한다. 세상에 어떤 임대인이 금전적 이

익 없이 임차권을 넘기겠는가? 그런더 이 집은 공동 유지였다. 임
대료·공과금의 주된 납부자는 최명자 씨였고, 생활 집기 대부분
은 두 사람의 공유재였다. 조혜선 씨의 '세대주' 표기는 서류상 관
리 착오·무지로 설명했다. 이를 전대르 볼 근거는 희박했다. 나는
강조해서 말했다.

"'같이 사는 것'과 '넘겨주는 것'을 같은 선상에서 볼 수 없습니
다."

셋째, '행정 표기의 오해'가 시작점이었다?
사건의 반은 주민등록 표기에서 시작됐다고 보는 게 맞다. 동거
인의 전입신고 지연, 세대주 표시의 경위, '별도 세대'로 찍힌 전
산 화면. 나는 "행정상의 한 줄 표기가 형사처벌의 근거가 될 수
는 없다."라는 걸 강조했다. 전대는 행정 용어로 판가름되어야 할
것이 아닌, 법률상 실질적으로 판단되어야 한다. 실질이 없으면
범죄도 없다.

고령의 피고인, 그리고 동거인까지 떨리는 마음으로 재판을 준
비했고, 불안한 마음으로 선고를 기다렸다. 그런 두 사람의 마음
과 상관이 없이 선고일 담백하게 판결이 이어졌다.
무죄였다. 재판부는 최명자 씨가 임차권을 양도·전대한 사실이
없다고 보았다. 이유는 분명했다. 두 사람은 오랜 기간 함께 산 사
이였고, 문제의 주택에도 공동으로 거주했을 뿐이다. 또 임대차
이익을 최명자 씨가 가져갔다는 증거도 부족했다. 결국, '같이 살

았다'는 말이 범죄의 언어로 번역되지 않아야 한다는 게 재판부의 의견이었다.

안도하는 두 사람을 보면서 나도 몰래 가슴을 쓸어내렸다. 큰 문제는 없으리라 생각했다가 뒤집히는 사건을 당시에 많이 겪었던 터라 적지 않게 긴장했던 탓이다.

## 법의 언어 사전은 두껍다

법은 종종 어려운 말을 쓰며 사건 파일을 두껍게 만든다. 전대나 양도, 사용·수익 같은 어려운 단어 말이다. 하지만 재판은 결국 얄은 현실을 들여다보는 것이다. 같이 밥을 먹고, 공과금을 나눠 내고, 생필품을 사서 같이 쓰는 얄지만, 평범한 우리의 삶을 본다. 그다지 특별하진 못해도 평범한 삶을 함께 살아온, 그 얄은 현실이 이겼다.

이후 법원을 나와 가볍게 인사를 나누며 멀어져 가는 두 사람을 잠시 바라보았다. 가족이라는 개념과 거주의 형태는 다양해지고 있지만 법은 아직 그 속도를 따라잡지 못하는 것 같아, 마음 한구석이 답답해졌기 때문이다. 동거·돌봄·생활공유 같은 변형된 가족이 앞으로 더 늘어날 텐데 법은 언제쯤 그런 다양한 가정생활의 형태를 품어 줄 수 있을까? 무죄가 선고되었지만, 답답한 마음이 좀처럼 가시지 않는 사건이었다.

# 흥미진진한 법정 드라마를
# 순수하게 즐기지 못하는 나

명확하게 할 점이 있다. 안 보는 게 아니다. 차마 순수하게 즐길 수 없을 뿐이다. 그런데 나만 못 보는 것 같다. 남편인 심 변은 법정 드라마를 즐겨 본다. 물론 "이의 있습니다!"를 외치는 검사나 변호사는 현실 법정에서는 아주 간혹 있을까 말까 하는 일이다. 더군다나 극적인 순간 등장하는 증인, 그로 인해 뒤집히는 배심원의 평의 결과는 현실에서 거의 불가능한 이벤트다.

특히 방청석에서 갑자기 증인 채택을 요청하는 사람은 없다. 재판장에게 발언 기회조차 받지 못할뿐더러, 법원 밖으로 쫓겨나게 되는 게 현실의 법정이다. 현실과 드라마의 차이에서 오는 오글거림, 극적인 반전 때문에 법정 드라마를 보기 힘든 게 사실이다.

그래서 정리해 봤다. 나를 힘들게 하는 현실과 다른 드라마 속 법정 장면들.

## #1. 대형 로펌에 입사한 새내기 변호사의 만점 활약



극적인 효과를 주기 위해서, 종종 법정 드라마에서 신입 변호사가 모든 종류의 사건을 단독 처리하고 파트너 변호사가 1:1 멘토링해 주는 모습이 등장한다.



일단 현실의 신입은 보통 '어쏘(고용변호사)'라고 부른다. 로펌에 소속된 초임 변호사를 의미하는데, 입사 후 한동안 매우 제한적인 업무만 맡는 게 일반적이다. 나도 그런 시절을 거쳤고, 단독으로 사건을 맡는 데 꽤 오랜 시간이 걸렸다. 보통 신입 소속 변호사는 최소 수개월간 선배 지휘 아래 의견서 작성이나 자료 검토 등의 업무로 어느 정도 경험을 쌓은 뒤 재판에 투입된다.

한 요리 예능 프로그램에서 베테랑 요리사가 했던 말이 있다. 최고의 조리학교를 졸업하고 가장 먼저 하는 일은 '양파를 까는 일'이라고 말이다. 변호사도 마찬가지로 서면 작성 등의 업무부터 시작한다. 이상적인 전개가 현실과 괴리가 큰 판타지적 요소가 있는 드라마만 보고 변호사를 바라보지 않길 바란다.

## #2. 잦은 배심재판, 국민참여재판이 일상?



극 중에는 형사 사건들의 상당수가 국민참여재판(배심원재판)

으로 진행된다. 심지어 민사 사건에서도 방청객이 배심원이 되어 판단하는 때도 있다. 구속영장 실질심사(영장심문) 장면에서는 검사나 경찰 측 인물이 법정에 아예 참석하지 않는 연출도 등장한다.



민사 재판에서는 배심원 재판 제도가 아예 없다. 국민참여재판은 법이 정한 요건을 갖추었을 때 극히 일부에서만 실시되며, 전체 형사재판 중 비율이 꽤 낮다. 그런데 드라마에서는 배심원 재판을 빈번히 묘사해 현실감이 떨어진다. 물론 형사니 민사니 명확하게 언급하지 않기 때문이기도 하지만. 그리고 배심원 재판은 재판의 전 과정이 하루 동안 진행되기 때문에 꽤 힘든 재판이다.

아울러 영장 실질심사에 검사가 불참한 채 판사와 피의자 측만 공방을 벌이는 일도 현실에선 불가능하다. 실제로는 검사가 영장 심사에 참여해 구속의 필요성을 주장하고, 경찰도 수사 결과를 전달하는 등 절차 내에서의 공방이 충분히 이뤄진다.

## #3. 판사가 직접 수사를 해 정의를 구현한다?



소년부 판사가 사건의 진실을 밝히기 위해 직접 뛰어다니는 모습으로 그려진 드라마가 있다. 공범이 의심되는 소년을 임의로 동행시켜 법정에 데려오거나, 보호시설에서 도망친 소년범을 판사 본인이 직접 추적해 붙잡는 장면이 연출된 드라마도 있었다.
또 재판이 국민 참여를 넘어 군중 심판으로 바뀌는 장면도 있다.



판사는 직접 수사 행위를 하지 않는다. 소년 보호 재판의 판사
는 필요한 경우 법원 조사관이나 보호관찰소에 조사를 명령할 수
있을 뿐이며, 판사가 직접 범죄 현장에 나가 증거를 수집하거나
피의자를 데려오는 일은 없다.

특히 판사는 재판에서 중립적인 심판자로서 역할에 충실해야
하므로, 드라마처럼 수사관처럼 행동했다가는 재판의 공정성과
절차적 정당성에 문제가 생긴다. 물론 누군가 범죄를 저지른 사
람에게 응당한 징벌을 내리는 걸 보고 싶은 게 우리 모두의 마음
이다. 하지만 실제 현실에서는 판사가 재판 밖에서 수사에 관여
하지 않고, 수사 결과를 바탕으로 법정 안에서 증거로써 판단을
내리는 것이 원칙이다. 현실의 판사는 검증 등의 특별한 사정이
없으면, 드라마에서처럼 수시로 법정 밖으로 뛰쳐나가지 않는다.

## 그럼에도 우리가 법정 드라마에 열광하는 이유

사실 법조인들만큼 일반인들도 법정 드라마나 법률가를 주인
공으로 한 콘텐츠가 과장됐고 각색되었다는 사실을 알고 있다.
그럼에도 열광하며 그런 드라마를 보는 이유는 분명하다.

'정의 구현'에 대한 대중적 갈증이 크기 때문이다. 현실에서는

권력형 비리를 저질러도 적은 형량을 받는다고 느낀다. 사람을 죽이고 심신미약을 주장하는 예도 꽤 많다. 권력자가 아니더라도 이런저런 이유로 형량이 줄어드는 경우가 많다. 뉴스에서 앵커가 분명 "중형이 선고되었습니다."라고 말했는데 4~5년 형이다. 이는 대중이 기대했던 형량에 훨씬 미치지 못한다.

하지만 드라마에선 다르다. 중범죄자를 평생 수감하기도 하고, 처벌과 선고에 한계가 없는 판타지 드라마를 보면서 시청자들은 현실에서 못 본 정의를 스크린 속에서 확인하며 도덕적 위안을 얻는다.

나도 현직에서 일하는 변호사로서 그런 답답함을 느낀 경우가 많았다. 또 동시대 사회 문제와 맞닿아 있기에 대중이 더 몰입해서 본다는 것도 알고 있다.

하지만 누군가의 자유를 제한한다는 것은 생각보다 큰 형벌이다. 냉정하게 생각해 보라, 스마트폰도 쓸 수 없고, 밖으로 나갈 수 없고 원하는 시간에 자고 일어나는 것도 불가능하다면 당신은 그 시간을 얼마나 견딜 수 있겠는가? 또 최근에는 반성문을 쓰고 공탁하고 탄원서를 제출해도 중한 범죄는 엄하게 벌하는 경우가 늘어나고 있다. 빠르게 변하는 세상을 법이 따라갈 수 없다고 생각하고, 국민의 법 감수성과 현장이 괴리감이 있다고 느낄 수 있 겠지만 우리나라의 법은 그렇게 만만하지 않다는 걸 꼭 알아줬으면 한다.

# 4.

## 무죄와 유죄.
## 피고인에게 달렸다?!

## 시민이 참여하는 재판, 국민참여재판

누군가 "재판에선 판결은 판사가 너리는 것이죠?"라고 묻는다면 나는 맞다고 답할 것이다. 다만, 법정에는 가끔 판사 옆에 앉아 있는 특별한 사람들이 판단에 개입할 때가 있다. 바로 배심원, 일반 시민들로 구성된 작은 '재판부'다. 변호사인 내가 법정에서 변론을 펼칠 때, 가끔 판사가 아니라 일곱 명(정확히는 예비배심원까지 총 여덟 명)의 배심원을 마주 보고 이야기할 때가 있다. 바로 국민참여재판이다.


일반 시민이 배심원으로 형사재판에 참여해, 피고인이 유죄인지 무죄인지를 함께 판단하는 제도. 우리나라에서는 2008년에 처음 시행된 이후, 아직 역사가 길지 않아 많은 이들이 다소 생소하게 느낄 수 있다. 실제로 법정에서 배심원들을 만나는 일은 흔치 않은 광경이기 때문. 그래서 국민참여재판이 열리는 날의 법정 공기는 판사만 있을 때와는 사뭇 다르다.

모두가 한층 더 긴장해서 집중하는 느낌이랄까? 변호사인 나도 국민참여재판을 준비할 때면 평소보다 더 조심스럽고도 친근한 어조로 이야기하려 노력한다. 법률 전문용어는 최대한 풀어서 설명하고, 때로는 피고인의 이야기를 드라마의 한 장면처럼 흥미롭게 전달하려 노력한다. 아침 시간에 방송되는 토크쇼에 출연하는 느낌이랄까? 그래야 배심원들이 처음 겪는 법정의 긴장감을 풀고 끝까지 몰입할 수 있기 때문이다.

나는 운이 좋게도—혹은 운명에 이끌려서인지—국민참여재판을 유독 많이 경험한 편이다. 처음부터 일부러 '국민참여재판 전문(?) 변호사'가 되겠다고 마음먹는 경우도 없는데 말이다. 그런데 변호사 생활을 하다 보면 '이번 사건은 배심원 앞에서 판단을 받아 보면 좋겠다.' 싶은 순간들이 종종 있다. 피고인의 사연이 단순히 법조문으로 딱 떨어지게 판단할 문제가 아니라, 사람들의 상식과 공감으로 이해받아야 할 상황일 때 특히 그렇다.

### 조건이 맞아야 하는 국민참여재판

물론 국민참여재판은 아무 때나 열리는 건 아니고 누구에게나 기회가 있는 것도 아니다.

- 피고인이 원해야 가능
- 법에서 정한 요건을 갖추어야 가능

다시 말해 조건이 맞아야 열릴 수 있는 특별한 무대인 셈이다. 그런 조건이 갖춰진 사건들, 특히 피고인의 생활상을 보여 주는 것이 판단에 더 효과적이라고 생각하는 경우 과감히 국민참여재판을 신청했었다. 하지만 국민참여재판이 모두 피고인에게 유리하다고 생각하는 건 금물이다. 다수의 재판이 그렇겠지만 판결은 범죄를 저지른 사람 자체를 보고 내리는 때도 있고, 그 행위의 정당성을 심판하는 때도 있기 때문이다. 딱한 사정만으로 범죄의 면죄부를 받는 경우는 없다.

그렇게 하나둘 배심원 재판을 맡다 보니, 어느덧 나의 이력에는 국민참여재판 기록이 줄줄이 쌓여 있다. 돌이켜보면 기억에 남는 국민참여재판 에피소드들이 정말 많다. 그중 하나가 앞서 이야기한 이상호 기자 명예훼손 사건이다. 가수 故김광석 씨의 죽음에 대한 의혹을 다룬 다큐멘터리 영화를 만들었다가, 김광석 씨의 부인이 자신의 명예를 훼손당했다며 고발뉴스 소속 이상호 기자를 형사 고소한 사건이었었다. 사회적으로 큰 이목이 쏠린 재판이라, 배심원들도 무척 진지하게 참여했다. 또한 열의가 대단했다.

사실 나도 이 재판이 수많은 국민참여재판 중 가장 기억에 남는다. 변호인으로서 배심원들의 만장일치 무죄 평결을 들었을 때의 그 짜릿함을 아직도 잊을 수 없기 때문. 또 하루라고 우겼지만, 실상은 2박 3일간 재판이 진행된 것도 두고두고 이야기할 거리가 됐다.


또 하나 잊지 못할 재판은 내가 출산 직후 맡았던 국민참여재판이다. 재판 복귀를 '국민참여재판'으로 했다. 뒤에 소개하겠지만 산후조리가 채 끝나기도 전 법정에 복귀했던 터라, 몸과 마음은 사실 준비가 덜 된 상태였다. 그날따라 재판장의 눈초리가 왜 그리도 날카롭게 느껴지던지. 아마 내가 산후 회복도 되지 않은 몸으로 무리해서 나온 걸 알고, 걱정 반 꾸중 반 섞인 시선으로 나를 지켜본 게 아닌가 싶다. 그래도 오랜만에 법정의 고요하면서도 치열한 분위기를 느낄 수 있던 재판이라 계속 기억이 나는 사건이었다.

## 형사 변호사가 국민참여재판을 위해 준비하는 것

모든 법정은 법의 논리로 유무죄를 판단한다. 거기에 우리가 사는 세상의 이치와 상식이 조금 첨가될 뿐. 그런데 국민참여재판은 내게, 법정에서는 차가운 법조문 못지않게 사람의 사연과 상식이 중요하다는 사실을 일깨워 준 재판이었다. "법은 사람을 위해 존재한다."라는 너무나 당연하지만, 사건에 몰입하면 자칫 잊어버리기 쉬운 '당연한 이치'를 떠올릴 수 있는 그런 재판이 국민참여재판인 것이다.

그리고 이런 국민참여재판을 준비할 때마다 나는 조금 색다른 작업을 한다. 대본을 쓰는 것이다. 실제로 내 컴퓨터 작업 폴더에는 '국참대본' 파일이 빼곡하게 들어 있다. "법정 드라마는 못 본다면서 대본 쓰는 변호사라니?" 비웃을지 모르겠지만, 나는 국민참여재판을 앞두고 직접 변론 대본을 작성한다. 마치 법정 드라마 시나리오처럼.

중요한 말 한마디도 빼먹지 않도록, 머릿속에 있는 말을 아예 대사처럼 글로 써 보는 것이다. 특히나 사람들 앞에서 유창하게 말하는 게 쉽지 않은 'I' 성향의 나는 정확하게, 필요한 증거자료나 인용할 문구, 적용할 법 조항을 토대로 변호인 의견서 형식의 대본을 써서 간다. 물론 국민참여재판만 그렇다. 게다가 대본을 쓰는 과정 자체가 나의 변론을 더욱 탄탄하게 만들어 주기도 한다. 머릿속의 변론 논리를 글로 옮겨 적다 보면 스스로 객관적인 검토를 할 수 있게 된다. 논리의 빈틈이 보이면 메우고, 법률 용어도 배심원들이 이해하기 쉬운 표현으로 다듬을 수 있기에 밤을 새워 대본을 쓴다.

또한 영화나 드라마와는 달리 통상 재판에서는 돌발상황이 거의 발생하지 않는다. 그러나 국민참여재판은 증인신문에서 돌발상황이 발생하는 경우가 많았고, 그럴 때마다 변호인석에서 수십 번을 고쳐 썼다. 대신 이렇게 준비한 대본만 현장감 있게 잘 읽어도 배심원들에게 원하는 메시지를 효과적으로 전달할 수 있다. 이런 속도 모르고, 가끔 판사님이나 동료 변호사들이 내 변론이 끝난 뒤 "또박또박 참 말씀을 잘하시네요." 하고 웃으며 말해 줄 때가 있다. 그럴 때면 속으로 '사실 대본을 쓴 덕분인데…' 하고 머쓱할 따름이다.


### 판결의 내용은 피고인에 달렸다

내가 아무리 열심히 설명해도 결국 배심원은 변호사가 아닌 피고인을 보고 판단한다. 그래도 혹시나 변호인인 나의 실수로 피고인에게 불리한 결과가 나오지 않도록 마지막까지 준비에 만전을 기한다. 변호사는 법과 증거를 바탕으로 조연처럼 뒤에서 도울 뿐이고, 최종적으로 피고인의 운명을 두고 마음의 결정을 내리는 사람들은 다름 아닌 배심원이다. 판사도, 검사도 아닌 우리 사회의 보통 사람들이다. 그래서 이 제도를 특히 의미 있게 생각한다. 법정에서 지켜본 배심원들의 평결에는 우리 이웃들의 양심과 상식이 오롯이 녹아 있기 때문이다.

이 장에서는 국민참여재판으로 진행된 사건, 또는 국민참여재판으로 진행했다면 어땠을까 하는 아쉬움이 남는 사건을 소개하려고 한다. 읽는 동안 여러분도 법정 한쪽 방청석에 앉아, 그 배심원들의 표정과 피고인의 떨리는 손끝까지 함께 지켜보는 듯한 느낌을 받아 보시면 좋겠다.

# 수요 없이 베푼 친절이
# 공소장이 되어 돌아왔다

## 친절한 당신이 부담스러운 이유

우리는 친절한 사람을 좋아한다. 하지만 내가 원하지 않는 친절을 누군가가 베푼다면? 그에 대한 반응은 제각각이겠지만 오지랖이라고 생각하는 사람도 있을 것이다. 또 원하지 않는 친절이 불편한 이도 있을 것이다. 지금 이야기할 사건은 그런 수요 없는 친절이 초래한 뜻밖의 결과를 담고 있다.

**사건 개요** ________________

서울의 한 병원, 민원서류를 발급할 수 있는 무인기를 사용하러 왔던 강사준(가명) 씨는 발급기 옆 테이블에 흩어져 있는 서류를 보게 된다. 개인정보가 담긴 서류였다. 그냥 두면 안 될 것 같아

가지고 나왔고, 병원 밖 버스정류장의 쓰레기통에 버렸다. 그런데 며칠 뒤 그는 기소됐다. 피해자가 두고 간 개인정보 제공동의서와 개인 서류 몇 장을 '절취'했다며 절도로 기소했고 벌금형을 구형한 것이다.

## 준법정신과 깔끔한 성격의 잘못된 시너지

"어휴~"

피고인과 상담을 시작하자마자 한숨부터 나왔다. 이렇게 보나 저렇게 보나 이건 분명한 오지랖이었다.

"그걸 왜 들고나오셨대요?"

"그럼 어떻게 합니까? 그 안에 쓰레기통이 없었다니까요."

"아무도 선생님께 그걸 버려 달라고 하지 않았잖아요?"

"그렇다고 그냥 두고 나와요? 개인정보가 다 적혀 있고 사진도 붙어 있는데, 나쁘게 마음먹고 누가 가져가서 쓰면 어떻게 합니까."

"그건 거기에 그 서류를 두고 간 사람의 책임이죠. 누가 버리고 가라고 했나요."

"..."

잠시 무거운 침묵이 흐른다. 그리고 강 씨는 엄한 말투로 나에게 이야기했다.

"변호사님, 세상 그렇게 매정하게 사는 거 아닙니다. 그거 몇 장

들고나와서 버려 준다고 큰일 나는 것도 아니잖아요."

"큰일이 났잖아요. 선생님은요. 형사재판을 받으시잖아요!"

"그깟 벌금 내고 말죠. 뭐."

"네? 아니 본인이 정식재판 청구하셨잖아요!!!"

나도 모르게 소프라노 톤으로 대답하고 말았다. 아니, 그깟 벌금이라니. '그것도 기록으로 남는 걸 모르는 건가?'

"억울하지만 어찌합니까. 법이 그렇다는데."

"법은 그럴 수 있다고 이야기하는 겁니다. 유무죄를 왜 선생님이 판단하고 벌금을 내겠다고 합니까? 해보지 않고. 재판을 해 봐야죠."

오지랖은 전염이 되는 게 분명하다. 나는 벌금을 내겠다는 소리에, 오히려 없던 투지가 끓어올랐다. "이런 불합리한 일이 어디 있담?" 나도 모르게 중얼거렸다.


## 버려 달란 말 없는 종이, 버려 준 죄?

교사로 정년퇴직한 피고인은 평소에도 준법정신이 투철했다. 그리고 대화를 나눠 보면, 정말 깔끔한 성격이었다. 그리고 남들이 보기엔 모범 시민의 표상처럼 보이는 이 두 가지 특징이 만나 엉뚱한 시너지를 만들어 버렸다.

공용 테이블에 너저분하게 놓인 서류가 그의 깔끔한 성격을 자극했을 것이다. 쓱 들여다보았는데, 개인정보가 담겨 있는 중요한 서류이니 도용되지 않도록 잘 처분해야겠다는 철저한 준법정신이 뒤따라왔을 건 보지 않아도 알 수 있다. 그래서 벌금 30만 원 약식명령이라는 사태를 불러온 것이다.

이 재판의 쟁점은 단순했다. 절도죄의 고의가 있었는가를 물으면 되는 것이었다. 물론 "버려 놓은 종이 쪼가리를 누가 훔쳐 가요?"라고 물을지 모른다. 그건 일상생활 속에서 친구나 가족에게 할 수 있는 말이다. 법정에서는 일단 말없이 소유자의 의사에 반해서 재물을 옮기면 절도가 될 수 있다. 그게 법이다.

법적 의미의 절도는 타인 소유 또는 점유에 있는 재물을 그 의사에 반해 자기 점유로 옮기려는 의식이 있어야 한다. 반대로, 남이 버린 물건이라 믿고 취득했다면(또는 그렇게 믿을 만한 정당한 이유가 있었다면) 절도의 고의성은 부정된다. 법정에서 내가 배심원에게 가장 먼저 설명하고자 한 것도 이점이었다.

검사의 증거는 간결했다. CCTV 확인 보고서, 피고인 피의자 신문조서, 피해자와의 통화 수사 보고, 그리고 범죄경력조회. 모두가 종이와 화면 속에 정리되어 있었다. 답안지처럼 매끈한 증거들.

나는 반대로 '현장의 결'을 꺼내 들었다. 민원서류 발급기가 있는 공간의 사진(쓰레기통이 없는 공간), 피고인이 그날 들고 온 가족 서류의 수정본, 그리고 그의 생활사였다. 30년간 교사로 일하며 표창을 여러 번 받았고, 퇴직 뒤에는 국가 기술 자격증을 취득하고 아이들을 돌보는 일도 했다는 경력 증명들. 인생에서 뒤숭

숭한 낙인은 한 번도 찍힌 적이 없다. 범죄 전력 없음. 검사가 준비한 증거만큼이나 깔끔한 강 씨의 인생 그 자체를 변론의 발판으로 삼았다.


## 국민참여재판의 공기는 늘 쫀쫀하다

항상 그런 것은 아니지만, 거의 같은 분위기다. 공소사실과 내용, 피고인은 다르지만 늘 뭔가 쫀득한 분위기가 만들어진다. 말로 표현하기 힘든 그런 기운이 느껴지는 게 국민참여재판, 국참이다. 그날 역시 판사와 검사가 말할 때는 물론, 피고인이 말할 때는 공기가 한층 더 조용했다. 배심원석의 장식 없는 나무 책상 위로, 헛기침 소리만 내려앉았다.


"이 재판은 종이의 목적지를 묻는 사건이 아닙니다. 그날 그 자리에서 피고인의 의도가 무엇이었는가, 그 마음을 묻는 사건입니다."

화면에 PPT 파일을 띄웠다.


- 쟁점: 피고인이 종이를 훔칠 의도로 가지고 나왔는가?
- 팩트: 쓰레기통이 없었음
- 공용 테이블, 흩어진 서류, 사라진 주인.


"그는 밖으로 나가 버리려 했습니다. 그 선택이 훔치기였는지 버리기였는지, 오늘 함께 판단해 주십시오.”

이어지는 증거조사의 시간, 검사가 CCTV 캡처를 가리켰다.

“피고인은 서류를 가방에 넣어 나갔습니다. 버릴 의도였다면 그냥 손에 쥐고 나가도 되지 않았을까요?”

그의 깔끔한 성격을 문제 삼은 검사의 질문에 피고인은 당황하는 듯했다. 이어서 피고인신문이 시작되자, 나는 차분하게 피고인에게 물었다.

“피고인은 이 사건 당시 누군가 버리고 간 서류로 생각하여, 쓰레기통에 버려 주려고 하였지요.”

나는 덧붙였다.

“피고인은 평소에도 솔선수범하기 위해 노력했고, 특히 교사이기에 공용 공간에 쓰레기가 있으면 버리는 것이 몸에 배어있는 사람이지요.”

나는 계속해서 물었다.

“그 종이의 가치는 뭐였습니까, 피고인에게?”

“가치요? … 없죠. 남의 개인정보가 잔뜩 적힌 종이인데, 저한텐 무서운 것이었습니다. 그래서 버린 겁니다.”

“가져가 이득을 보려 했다는 생각은, 단 한 번이라도 했습니까?”

“아닙니다.”

검사가 조용히 물었다.

“그런데 왜 굳이 병원 밖까지 나가 버렸습니까?”

도돌이표가 붙은 악보처럼 계속 반복해서 질문이 이어졌다.

다시 변호인의 차례가 되었을 때, 나는 신문에 앞서 검사의 위질문에 답하듯 배심원들을 바라보며 말했다.

"피고인은 종이에서 가치를 본 게 아닙니다. 위험을 본 겁니다. 그리고 절도의 고의는 타인 소유물을 자기 점유로 옮기려는 인식과 의사가 핵심입니다. 만약 타인이 이미 버리고 간 물건이라 오인하고 휴지통으로 옮겨 준 것에 불과하다면, 피고인에게 절도의 고의가 없다고 보아야 할 것입니다."

최후변론의 시간, 나와 이 사건을 함께 변호한 짝꿍 국선전담변호사가 준비해 온 슬라이드를 켰다. 알맹이가 4장인 간결한 슬라이드였다. 모든 슬라이드는 절도의 고의가 없었음을 강조하고 있었다. 그리고 사건의 순서에는 드러나지 않았던 피고인이 행동하는 근거가 된 생각을 노출하려고 애썼다.

무인 서류 발급기 → 공용 테이블 → 피해자 부재 → 쓰레기통 부재 → 외부 쓰레기통으로 이동(버림) → 절도할 목적인가?

여기에 피고인의 삶을 대입한다면,

오랜 공직 생활, 직업윤리(교사 30년), 교육부 장관 표창, 전과 없음, 가족의 일상.

'이 사람은 종이로 이득을 취할 사람이 아닌 이유'가 나온다. 이

걸 말로 풀어서 설명하는 것도 좋지만 직관적으로 슬라이드를 보여 주는 것이 더 효과적이다.

"존경하는 배심원 여러분, 이 사건은 '나쁜 마음'이 아니라 '서툰 배려'의 결과였습니다. 서툴렀다면 단순한 '부주의'의 문제입니다. 그러나 절도는 아닙니다."

배심원석에서 몇 사람이 고개를 끄덕였다. 국민참여재판의 답은 늘 사람에게 있었다.

검사가 "왜 굳이 밖까지 나갔나?"라는 논리를 펼칠 때도, 방점을 늘 고의성 여부로 돌려놓으려 했다. 절도죄는 '가치 있는 것을 챙기려는 마음'을 겨냥한다. 그런데 피고인이 본 것은 '위험'이었다. 개인정보 노출의 위험. 그래서 신속 폐기를 택했다. 서툴렀지만 악의 없는 선택. 이 구조를 배심원들이 정면으로 보게 만드는 것이 이 사건 변론의 핵심이었다.

예상대로 배심원 평결은 만장일치 '무죄'였다. 재판부도 이를 존중해 강 씨에게 무죄를 선고했다. 주문은 간명했지만, 이유는 분명했다. "검사가 제출한 증거만으로는 피고인이 타인의 재물을 훔치려는 의사로 가져갔다는 점이 합리적 의심의 여지 없이 증명되었다고 보기 어렵다."라는 것이었다.

여기엔 형사소송법 제325조 후단, "범죄의 증명이 없는 때에는 무죄"에 따라 무죄라는 내용이 바탕이 되었다. 그리고 판결문은 절도 고의의 정의를 다시 확인했다. "절도의 범의란 타인의 점유

아래에 있는 타인 소유물을 그 의사에 반하여 자기 또는 제3자의 점유로 이전하려는 인식." 여기에 버린 물건 오인과 정당한 이유라는 예외의 통로가 맞물리면, 고의는 빠져나간다. 법원은 이 통로를 열어 주었다. 증명의 빈틈—바로 그곳이 무죄의 자리였다.

이 재판을 마치고 복도에서 피고인과 잠깐 눈이 마주쳤다. 그는 어색하게 웃었다.

"이제 버려진 거 함부로 줍지 마세요."

나는 웃으며 말했다.

하지만 강 씨는 고개를 저으며 인사했다.

"감사합니다."

간결한 한 마디였지만, 나는 알고 있다. 비슷한 상황이 오면 그는 또 개인정보가 담긴 종이를 주섬주섬 모아서 잘 버려 줄 것이라는 걸. 오랜 세월 쌓아 온 가치관과 성격이 재판을 한 번 겪었다고 사라질 리 없다는 걸 안다. 그때는 부디 다시는 재판까지 가지 않았으면 하는 바람이었다.

국민참여재판을 할수록 느끼는 건 상식은 생각보다 멀리 간다는 것이다. 배심원들은 '법전의 문장'만이 아니라 '생활의 논리'로도 판단한다. 공용 테이블에 남겨진 서류, 보이지 않는 주인, 쓰레기통 없는 공간, 그리고 바깥의 쓰레기통. 이 네 장면을 차례대로 놓고 보면, '훔치기'보다는 '버리기'가 먼저 떠오른다. 법과 상식이 같은 방향을 가리켰을 때, 법정의 공기는 맑아진다. 무거운 사건도 마찬가지다. 그래서 국민참여재판은 법이 사람을 밀어내지 않는 방법의 하나다. 생활에서 비롯된 서툰 손길이 모두 범죄가 되는 사회는 두렵다. 대신, 고의와 실수를 나눠 묻는 사법의 언어는 사람을 살린다. 배심원 일곱 명이 먼저 그렇게 말했다. '무죄'라고. 그리고 법원이 따라 말했던 사건이었다.

ATM

# 아기 엄마는
# 정말 보이스 피싱인지 몰랐을까?

## 위험한 아르바이트의 시작

서 씨를 처음 만난 날, 그는 팔짱을 꼬아 쥔 채 말끝을 자꾸 접었다. "아이 때문에… 빨리 일을 가야 해서요." 이 사건의 출발점도 그 문장이었다. '일을 가야 해서요.'였다.

구직 사이트에서 본 대부업체 채권추심 아르바이트가 '그 일'이었다. 면접은 전화로 대신했고, 신분증과 본인 사진을 메신저로 보냈단다. 지겹게 들었던 패턴이었다. 이 시기엔 보이스 피싱 조직의 채용(?) 패턴이 비슷했던 것 같다. 그들이 시켰던 일도 다른 피고인의 사건과 동일했다. 약속된 장소에서 사람을 만나 현금을 받고, 지정된 계좌로 쪼개 입금하는 것. 그걸 '회사의 돈을 회수해 송금하는 일'이라고 믿었다는 서 씨. 급여는 월 250만 원이었지

만 실제로 받은 돈은 없었고, 오히려 교통비는 본인 부담이었다
는 게 그의 주장이었다.



**사건 개요** ________________

채권추심 아르바이트 공고를 보고 지원한 20대 여성 서영우(가
명) 씨. 여러 번 지시에 따라 추심한 돈을 쪼개서 특정 계좌로 입금
했다. 하지만 공고를 낸 곳은 보이스 피싱 조직이었고, 서 씨는 피
해자로부터 현금을 받아 전달·입금한 수거책이 되어 버렸다. 결국
그녀는 두 달간, 여러 지역을 오가며 7회, 총 1억 4천만 원대의 돈
을 보이스 피싱 조직에 송금한 혐의로 기소됐다.

## 스물다섯의 아기 엄마, 그리고 보이스 피싱

피고인이 매우 앳된 얼굴이라 놀랐던 게 아직도 기억난다. 그런
데 아이 엄마라니. 나도 출산하고 얼마 되지 않은 터라 아이 걱정
을 하는 엄마의 마음이 이해됐다. 왜 이런 일에 휘말렸는지 안타
깝기도 했다.

"아이는 몇 살인가요?"

초조한 듯 시계를 힐끔거리던 서 씨는 아이 이야기에 표정이
환해졌다.

"내년에 초등학생이 돼요."

핸드폰에서 찾은 사진을 보여 주며 덧붙인다.

"예쁘죠?"

뽀얀 피부에 엄마를 닮아 오밀조밀 이목구비가 반듯하다.

'아이고, 이런 딸이 있는데 1억 4천만 원을 보이스 피싱 조직에 송금했다고.'

말 그대로 '허걱'이었다. 애써 표정을 감추고 그녀의 기록을 넘겨 보았다. 딱한 사정은 기록에 고스란히 적혀 있었다. 사건 당시 나이 5세 딸을 혼자 키우고 있었고, 가정폭력과 채무를 남기고 사라진 아이 아버지는 그림자뿐이었다. 친정과도 인연이 끊겼다. 몸도 좋지 않았다. 천식이 있어 약을 먹었고, 두통을 달고 사는 탓에 정기적으로 병원에 다니고 있었다. 건강이 좋지 않은 탓에 할 수 있는 일이 한정되어 있었고 생활은 늘 빠듯했다고 했다. 밤엔 택배 상하차 아르바이트, 낮엔 구직 사이트를 뒤지며 버텼다는 내용이 의견서 사이에 끼워져 있다. 그러나 힘들게 살았다고 지은 죄가 사라지는 것은 아니다. 그러니 이 사건을 어떻게 해야 하나 머릿속이 복잡해졌다.

## 엄마 껌딱지 딸을 두고

공소장에 적힌 내용은 냉정하고 적나라했다. 피고인은 보이스 피싱 조직과 공모해 현금을 받아 전달·입금한 수거책이라는 것. 코로나가 막 시작됐던 시점 일을 했다는 아기 엄마. 성실한 편인지 단 두 달 일했지만, 여러 지역을 오가며 7회, 총 1억 4천만 원 대에 달하는 돈을 송금했다.

나는 이 사건을 국민참여재판으로 가져가고 싶었다. 미필적 고의라는 얇은 막을 시민의 상식으로 비춰 보이면, 서 씨가 왜 이 일에 뛰어들게 되었는지 이해받을 수 있으리라 믿었기 때문이다. 그런데 내 생각이 얼굴에 드러났는지 사무실 직원이 서류를 넘겨주며 찬물을 끼얹는다.

"변호사님, 이번 사건 국참은 불가능하겠어요."

그가 펼친 종이에는 이미 첫 공판 기일이 지났다고 쓰여 있었다. 1회 공판 기일이 열렸다면, 국민참여재판 신청은 불가능하다. 어쩔 수 없었다. 이대로 부딪혀 보는 수밖에.

"저 감옥에 가야 하죠? 큰 잘못… 한 거니까."

맑은 눈으로 직원과 나를 지켜보던 서 씨. 사태의 심각성을 아는지 모르는지 여전히 시계를 힐끗거린다.

"맞아요. 이런 경우, 엄벌에 처해질 가능성이 큽니다."

딱딱한 대꾸에 순식간에 어두워진 표정. 물론 다퉈 볼 쟁점이 있었지만, 나는 엄하게 말했다. 그가 범죄인 줄 모르고 움직였다 한들, 피해자들이 잃은 재산은 복구도 지 못할 가능성이 크다. 심각한 범죄라는 걸 피고인은 반드시 알아야 했다. 재판부도 결코 가벼운 판결을 내리지 않을 것이다.


"딸이 껌… 딱지예요."

"네? 딸이 뭐라고요?"

너무 작게 중얼거리는 탓에 제대로 듣지 못했는데, 내 이야길 듣고 있던 피고인이 다시 말을 꺼낸다

"딸이 저랑 안 떨어지려고 한다고요. 제 껌딱지예요. 그래서 저

감옥 가면 안 돼요."

아이고 머리야. 알고 있다. 어린 딸의 처지에서도 엄마가 감옥에 가면 안 될 일이다. 그리고 딸이 어리건 어리지 않건 엄마가 감옥에 가는 건 최악의 상황이다. 하지만 그건 피고인이 결정할 문제가 아니다. 나도 모르게 직설적인 말이 나간다.

"결국 할 수 있는 범위 내에서 최선을 다하는 것이 변호사로서 제가 해 줄 수 있는 유일한 일이에요. 감옥에 가고 안 가고를 제가 임의로 결정하는 것도 아니에요."

"네? 변호사님은 제 편이잖아요. 왜 감옥 간다고 저한테 막 말하세요?"

역시 이놈의 클리셰는 오늘도 빗나가는 경우가 없다. 내 사무실에 오는 피고인 중 가끔 이런 이들이 종종 있다. 변호사가 최악의 결과가 나올 수 있다고 언급하면, 마치 자기 편이 아니라고 생각하고 자신을 방어하기 위해 변호인을 비난하는 이들. 나는 직설적이었던 어조를 조금 따뜻하게 바꾸었다.

"솔직히 저도 피고인이 한 행동의 일면을 보면, 정말 아무것도 모른 채 이 사건에 휘말렸을지도 모른다는 생각도 충분히 들어요. 그렇지만, 이 사건이 법원으로부터 어떤 판단을 받을 것인지, 최상만 아니라 최악의 상황에 대해서도 솔직하게 말씀드려야 하는 것도 제 일이기도 해서요."


천천히, 그리고 따뜻하지만 재차 단호한 설명에 피고인은 고개를 숙였고 나는 다시 증거자료와 서류를 뒤적였다. '그래, 그가 이

범죄에 연루된 건 그럴 수밖에 없었던 이유가 있을지 모르지….'
일단은 그걸 찾아내야 한다.

### 익숙한 쟁점, 어려운 입증

이러한 사건을 다룰 때 법정의 쟁점은 익숙했다. 알고 가담했느냐, 모르고 움직였느냐. 검사는 텔레그램 지시, 비대면 채용, 분할 입금이라는 전형적 수법의 조합을 제시하며 "이상함을 인식하고도 위험을 용인했다."라는 미필적 고의를 주장했다. 또한 수거책도 공모공동정범으로 처벌한다는 판례 논리를 따라, '조직의 기망을 전제로 한 공동 가담'을 강조했다.

나는 서 씨가 이 일을 하게 되면서 듣고 본 것을 법의 언어로 번역하는 데 집중했다. "월급제로 채용됐다고 믿었다." "아이 어린이집 하원 시간이 촉박했다." 그리고 "현금을 받아 바로 입금하라는 지시 외에 아무 설명이 없었다." 등이었다. 아! "피해자와 직접 대화를 주고받은 적은 없다."라는 내용도 있었다.

무엇보다 피고인은 보이스 피싱 조직으로부터 돈을 받지 못했고, 오히려 자기 비용으로 뛰어다녔다는 점은 이득 의사와 거리가 멀었다. 재판부에 이런 점을 강력하게 피력하며 재판이 진행되는 동안 긍정적인 소식이 들려왔다.

서 씨가 가장 금액이 큰 피해자 세 명과 합의를 한 것, 그의 상황을 듣고 극적으로 합의를 해 주었다고 한다. 전체 피해액의 절반 가까운 7천만 원 이상에 해당하는 규모였다. 서 씨는 "정말 몰랐다"고 울먹이며 피해자들에게 일일이 전화로 사과했다. "아이와 떨어지면 안 된다."라는 탄원서 속 절박한 문장을 증명이라도 하듯 피고인은 절박하게 뛰어다녔다.

## 의심한다는 건 말처럼 쉽지 않다

형사 법정에 오래 앉아 있으면, 사람마다 다른 반응속도를 눈으로 볼 수 있게 된다. 동체시력도 아니고 무슨 소리인가 싶겠지만 누구는 의심이 근육처럼 단단하고, 누구는 의심이라는 기능이 있는지 의심스러울 정도로 촉이 늦게 작동하는 경우가 있다는 뜻이다.

서 씨는 후자였다. '회사에서 시키는 일'이라는 전제조건 앞에서 멈추거나 확인해야 했지만, 그는 멈추는 법을 배우지 못했다. 한 부모, 단칸방, 간병 같은 단어에 쫓기다 보면 사람의 시야는 자연스레 좁아진다. 그렇게 시야가 좁아진 피고인에게 보였던 것은, 오직 하루치 품삯과 아이의 저녁이었다.

나는 변호인이지만, 어느 순간부터 엄마의 눈으로 그를 보게 되었다. "혹시라도 내가 재판을 잘못 끌어가면, 이 아이는 어디로 가야 할까?" 엄마와 아이 둘 다 원치 않는 상황에 부닥칠 가능성이 컸다. 그렇게 엄마의 눈으로 피고인을 바라보다 보니 함께 법정에 들어가기 전, 서 씨가 아이의 생일 이야기를 꺼내며 울던 장면이 오래 남았다.

"케이크만은 사 주고 싶어요. 다음 달이 생일인데."

"아직 판결이 나온 건 아니니까, 기다려 봅시다."

딱딱하게 답했지만, 엄마의 자리는 지켜 주고 싶었던 나는 유독 이 재판은 열심히 했던 것 같다.

하지만 나는 질 수 있는 싸움과 질 수 없는 싸움을 구분할 줄 안다. 형사 사건 변호사에겐 꼭 필요한 덕목이다. 최근 보이스 피싱 사건에서 법원은 점점 더 말단 가담자에게도 미필적 고의를 폭넓게 인정하는 경향을 보인다. "메신저 지시만으로 움직였다." "면접이 없었다." "현금을 받아 분할 입금했다." 등의 말은 이미 위험 신호로 해석되는 시대다. 특히 이런 사건을 많이 접한 재판부에서 서 씨의 딱한 상황을 얼마나 결정에 반영할지 미지수였다. 생각을 거듭할수록 뒤늦은 국선변호인 선정으로 국민참여재판을 놓친 것이 마음에 걸렸다. 배심원 앞에서는 법의 언어보다는 생활의 언어가 더 잘 들리기에 설득해 볼 여지가 있었기 때문이다. 놓친 고기는 아쉬워하지 않는 성격이지만 이런 경우 아쉬움이 남는다.

## 예상을 빗나가지 않았던 판결

절박한 엄마의 마음과 달리 재판은 속절없이 빠르게 진행됐다. 최선을 다했지만, 최후진술을 마치고, 선고를 기다리면서 초조한 건 오랜만이었다. 피해 금액이 워낙 컸고, 피해자 모두와는 합의하지 못한 상황. 실형을 피할 수 없으리라 예상했다. 그리고 걱정했던 대로 피고인에게 실형이 선고됐다.

"피고인 서영우에게 징역 1년 6개월을 선고한다."

걱정했던 대로 피고인에게 실형이 선고됐다. 형량은 당시 유사 사건들의 양형(통상 2년 6개월~3년)과 비교하면 적은 편이었지만, 아이와 떨어져야 하는 18개월은 엄마에겐 절대 가볍지 않은 형량이다.

피고인은 아무 말 없이 고개를 떨군 채 하염없이 눈물을 흘렸다. 재판부는 서 씨의 행위가 보이스 피싱 조직의 범행 과정과 유기적으로 결합했고, 비대면 채용·메신저 지시·현금 수령과 분할 입금 등 일련의 사정에 비추어 범죄 가능성을 인식했을 것으로 보았다. 요컨대 미필적 고의를 인정했고, 수거책 또한 공모공동정범 법리에 따라 공모관계가 인정된다고 판단한 것이다.

다만 유사 사건에 비해 양형이 적은 이유는 판결문에서 몇 가지 찾을 수 있었다. 일부 피해자와의 합의한 점, 초범이라는 점, 경제적 곤궁과 양육 사정이 그 이유였다. 그러나 피해액 규모, 범행의 반복성과 조직성, 사회적 폐해를 고려할 때 실형이 불가피하다는 결론이었다. 서 씨는 구속 직전까지 아이를 맡길 곳을 알아보았고, 법원은 1심에서 법정구속을 하지 않아 주변 정리를 돕도록 했다. 내가 마지막을 본 피고인은 법정 밖에서 전화를 붙들고 "우리 아가, 엄마 금방 갈게."라고 울먹이고 있었다. 나는 무거운 마음으로 사건 기록을 정리했다.

## 범죄는 한 번 올라타면 내리기 힘든 쳇바퀴와 같다

나는 가끔 재판을 컨베이어 벨트에 비유한다. 범죄의 벨트에 누군가가 올라타면, 사법의 벨트가 그를 다시 반대편으로 밀어낸다. 두 벨트 사이의 틈이 사람의 인생이다. 그 틈이 넓다면 나 같은 변호사와 마주 앉을 가능성이 적어진다. 하지만 서 씨는 그 틈을 좁히지 못했다. 판결 직후, 그는 "죄송합니다. 그래도 고맙습니다."라고 말했다. 그 말은 내 마음을 오래 붙잡았다.

변호사로서 이 책을 읽는 독자들에게 꼭 이야기하고 싶다. 면접 없음, 메신저 지시, 현금 수령, 분할 입금—이 단어가 한 줄로 나열되어 있으면 반드시 멈춰야 한다. 멈추지 못한다면, 나와 같은 변호사가 왜 멈추지 못했는지를 묻게 될 것이다. 보이스 피싱 범죄에만 국한되는 게 아니다. "다칠 줄 몰랐다." 또는 "그냥 가져가도 되는 줄 알았다." 등 의심되는 단어가 조합된 상황을 마주한다면 멈춰서 "이게 맞아?"라고 질문을 던져야 한다. 만약 그 물음에도 멈추지 않았다면, 당신은 범죄라는 쳇바퀴에 올라탄 상태가 된다. 혼자 힘으로 내리는 건 쉽지 않다.

### "하지 마세요."

구직 상담을 오는 청년들에게, 홀로 아이를 키우는 부모들에게, 취업이 급한 청춘들에게. 그리고 스스로에게도 이야기한다. 단기간 고수익 같은 달콤한 결과는 없다고 발 들이지 말라고 이야기한다. 하지 말라고, 전화를 끊으라 당부한다. 아무런 기술도 특기도 없는 당신에게 거액의 급여를 제공할 정도로 사회는 만만하지 않다. 그걸 알고도 제안을 수락한다면 당신은 범죄에 가담하게 된 것이고 그 죗값을 치르게 될 것이다.

그리고 상식선에서 생각해 달라는 말도 잊지 않는다. 내가 만약 누군가에게 돈을 전달해야 하는데 대리인이 찾아온다? 난생처음 보는 사람에게 선뜻 건네줄 수 있겠는가? 나는 내 책 한 권도 그냥 내어 줄 수 없다. 그런데 그 돈을 건네받는 일이, 또한 건네주는 일이 아르바이트라면? 분명 정상적인 일은 아니다. 우리 사회는 그게 상식이라고 계속해서 충분히 주입하고 있다. 그러니 이젠 상식을 받아들이자.

# 5.

## 국선전담변호사가 바라본 21세기 범죄의 진화

법정에 앉아 있으면, 요즘 범죄의 얼굴이 자꾸 바뀐다는 걸 실감한다. 한때는 '나쁜 마음'이 먼저 보였다. 요즘은 '모르는 사이'가 먼저 보인다. 누군가는 지원서를 내듯 텔레그램에 이름을 올리고 범죄자가 된다. 누군가는 '사과 한 번만 하고 싶다.'라는 마음으로 메시지를 보낸 뒤 재판을 받게 된다. 그 작은 선택이, 아주 멀리 있는 조항과 연결돼 범죄라는 이름을 달고 돌아온다. 변호사인 내가 가장 두려워하는 순간은 바로 그 지점이다. 사람의 일상적 속도와 법의 판정 속도가 엇갈리는 순간 말이다.

## AI 발전 속도만큼 빠른 보이스 피싱의 진화 속도

보이스 피싱을 예로 들어 보자. 이제 그 범죄는 더 이상 '보이스'에 국한되지 않는다. 즉, '전화 한 통의 속임수'가 아니라는 것이다. 구직 공고, 메신저 방, 택배 상자, ATM 같은 모든 일상 소품이 한 줄로 연결되면 거대한 사기의 컨베이어 벨트가 된다. 그 벨트 위에 현금 전달책이나 인출책이 올라타는 방식도 치밀해졌다. 그럴듯한 비대면 면접에, 서류는 온라인으로 보내고, 지시는 텔레그램 등 SNS 메신저로 내려온다. '위치 확인', '분할 입금' 등의 소위 업무 지시가 내려진다.

처음 해 보는 사람도 따라 할 만큼 친절한 시나리오다. 심지어 그걸 교본으로 만들어 친절하게 교육도 해 준다. 문제는, 이 친절함이 고의의 증거가 되는 순간이 많아졌다는 사실이다. "이상하다고 느꼈을 텐데도 했다."라는 이유로, 법은 흔들리는 마음을 미필적 고의로 묶어 버린다. 가능성을 알면서도 위험을 받아들였다면 범죄에 가담했다고 본다는 뜻이다.

"그래도 의심은 했어야죠."

판결문에서 자주 보는 문장이다. 물론 맞는 말이지만, 고개가 절로 끄덕여지는 문장이 맞다. 그러나 나는 이 문장을 낭독할 때마다 한 박자 쉰다. 의심은 능력이다. 어떤 이에게 의심은 근육처럼 잘 붙지만, 어떤 이에겐 잘 붙지 않는다. 인지의 문턱이 낮거나, 사회 경험이 적거나, 말을 곧이곧대로 믿는 성격이라면 '이상하다'는 신호가 머리에서 손으로 내려오기까지 오래 걸린다. 그 늦음을 법은 때때로 '용인'으로 번역한다. 그래서 나는 법정에서 늘 같은 질문을 되묻는다. "정말로 알았습니까? 아니면 알 수 없었습니까?" 이 질문을 던지는 건 변명할 기회를 주기 위해서도, 면죄부를 주기 위해서도 아니다. 법과 사람의 속도를 맞추려는 최소한의 예의를 위해 던지는 질문이다.

허무하게도 이런 노력에도 불구하고, 내가 본 여러 보이스 피싱 사건에서 조직의 꼭대기는 신속하게 사라지고, 말단의 전달책만 법정에 남는다. 결과적으로 주범은 조직의 산 위에 그대로 있고, 노출된 가담자만 전과자가 되는 장면이 낯설지 않다. 삶이 팍팍한 사람일수록 이 범죄의 악순환 벨트에 더 쉽게 오른다. 급전이 필요했고, 일은 쉬워 보였고, '오늘만'이라는 말에 흔들렸다. 그 순간의 필요가, 내일의 전과가 된다.

## 분명한 의사표시를 당신이 좋을 대로 해석하지 마라

또 다른 예시로 스토킹 범죄를 살펴보자. 스토킹은 다양한 얼굴을 하고 있다. 표면상 이유는 종종 선해 보인다. "사과하려고요." "마지막으로 한 번만 보려고요." 하지만 연락하지 말라는 의사표시가 분명했다면, 이유가 뭐든 그다음의 연락(심지어 '사과'라는 이름의 연락)은 범죄가 된다. 여기에는 오해가 많다.

"사과가 왜 죄죠?"

사회에선 사과는 미덕이지만, 법은 단호하다. "사과를 받는 쪽이 싫다잖아요!" 또는 "거절했잖아요. 싫다고 했는데 또 연락하면 죄가 되죠. 사과한다는 핑계로 또 연락했잖아요."라고 법은 이야기하고 있다.

사과하고 싶은 당신의 마음을 몰라준다고 항변하겠지만, 냉정하게 마음은 눈으로 보이는 게 아니다. 결국 죄는 마음이 아니라 행동의 반복에서 만들어진다. 거절을 듣고도 다시 연락하는 그 반복이, 상대의 일상을 파고든다. 낮에는 휴대전화 알림, 밤에는 골목의 발자국, 다음 날에는 직장 앞 꽃다발. 어떤 반복은 곧 폭력으로 옮겨진다. 스토킹이 '사람을 향한 과도한 관심'일 때는 말로 끝나지만, '동선의 침투'가 되면 손이 따라온다. 그래서 스토킹 사건에서는 피해자 보호가 먼저다. 접근 금지와 같은 조치들이 빠르게, 확실하게 작동해야 한다. "별일 아니겠지."라는 사회의 느긋함이, 종종 살인 기사로 바뀐다.

## 범죄냐 아니냐는 한 끗 차이다

이 챕터를 쓰면서, 나는 몇 번이나 문장을 지웠다. 사람에게 경고하는 글은 쉽게 날이 선다. 그러나 내가 원하는 건 공포가 아니다. 오히려 습관의 전환이다. 구직에서, 만남에서, 관계에서 우리가 예전과 같은 방식으로 움직이면서도 법의 새 표지판을 한 번쯤 보도록 돕기 위해서 글을 쓰고 있다. 범죄 피해자가 되지 않는 것만큼 범죄의 주체가 되지 않는 것도 중요하다. '아니요'는 단호해야 한다. 미련이 끼어들 틈이 없어야 한다. 보이스 피싱도, 스토킹도 마찬가지다. 거절은 문장으로, 기록은 시간대로. 관계가 흔들릴수록 문장은 짧을수록 낫다.

"그런 일을 할 수 없습니다."

"연락하지 마세요."

이 한 줄이 삶을 지킨다.


이 책을 쓰는 지금도, 현대 사회의 범죄는 더 영리해지고 있고, 우리의 일상 변화에도 속도가 붙고 있다. 사이가 빨리 좁아지는 만큼, 선은 더 자주 넘어간다. 내가 법정에서 하는 일은 그 선을 나중에 다시 그려 주는 작업이다. 하지만 가장 좋은 선은 처음부터 지워지지 않는 선이다. 그 선을 각자의 자리에서, 오늘 조금 더 진하게 긋는 법을 함께 익히자. 그것이 불안한 시대의 예의이자, 변호사로서 내가 독자에게 드릴 수 있는 가장 현실적인 부탁이다.

# 안타깝지만…
# 당신은 보이스 피싱 수거책이 맞습니다

### 보이스 피싱 범죄

정확한 용어는 '전기통신금융사기' 범죄이지만 보이스 피싱이란 말이 더 익숙하지 않은가? 그놈 목소리라는 말에 익숙해지고 싶지 않지만, 듣기만 해도 고개가 끄덕여질 정도로 우리나라의 보이스 피싱 범죄율은 상당히 높은 편이다. 피해액 규모도 매년 늘고 있는데. 2022년에 1,451억 원 규고, 2023년 2,000억 규모로 피해액이 증가했고, 2024년에는 상반기에만 6,400억 원 이상에 이를 정도로 빠르게 범죄 피해액이 늘어나고 있다.

더 큰 문제는 최근 자신도 모르는 사이에 보이스 피싱 범죄에 연루되는 경우가 많다는 것이다. 내가 맡은 사건 가운데 상당수가 통상적인 아르바이트로 알고 갔다 보이스 피싱 수거책이 되어

기소된 이들 관련 사건이었다. 20대 초반인 형식 군 역시 '채권 추심 아르바이트'라는 말을 믿고 잘못된 곳에 발을 들이면서 법 정에 서게 됐다. 그런데 그는 여느 피고인과 다른 모습이었다.



## 세상에 그런 알바는 없다

무더위가 시작되던 여름, 스물한 살의 이형식 군은 '채권추심 아르바이트'를 해 보지 않겠냐는 전화를 받았다. 배달 상하차 아 르바이트 외에 처음 해 보는 그럴듯한 일에 설렜던 것도 잠시. 면 접도 없었고, 근로계약서도 없이 텔레그램으로 업무 지시가 내려 왔다.

형식 군이 할 일은 단순했다. 지정된 장소로 가서 사람을 만나 현금을 받아 ATM에서 쪼개 입금하라는 것이었다. 몇 번씩 순서 를 암기하며 정해진 장소에 도착한 그는, 며칠 사이에 두 피해자 에게서 1억 원 가까이 받아 입금했다. 공소장에는 "보이스 피싱

조직의 현금 수거책으로 공모·가담했다."라고 적혀 있었다. 2024
년부터 시행된 '전기통신금융사기 피해 방지 및 피해금 환급에
관한 특별법' 적용 전 사건이라 형법상 사기죄로 기소되었다. 나
는 공소장을 받아 들고 고개를 절레절레 흔들었다.

'하아… 또 보이스 피싱이야? 겨우 스물한 살짜리가?'


## 검사부터 받아 볼까요?

피고인과 첫 상담은 전화로 이뤄졌다.

"사건에 대해서 할 말 있나요?"

어린 나이라는 걸 고려해서 나는 일단 친절하게 시작했다. 그런
데 다급한 목소리가 튀어나왔다.

"죄송합니다. 제가 죽을죄를 지어서 재판을 받습니다. 제가 잘
못했어요."

"어? 저한테 자백하는 건가요?"

"네, 제가 보이스 피싱을 했습니다."

"그렇게 자백하는 건 암묵적으로 공모를 했다고 인정하는 건가
요?"

"… 네?"

그가 떨리는 목소리로 되물었다. '그래, 공모 사실을 단박에 인
정하긴 힘들겠지.' 그런데 웬걸.

"그게 뭔가요? 고모요? 고모는 없고 삼촌은 있는데요."

"아…."

속으로 헛! 하고 한숨이 삐져나왔다.

'그래, 공모와 고모도 구별 못 하는 친구가 해외에 있는 총책이랑 무슨 공모를 하겠니.'

통화로는 한계가 있었기에 나는 형식 군을 만나서 이야기를 들어보기로 했다.


처음 형식 군을 만났을 때 눈에 띄는 건 착해 보이는 첫인상이었다. 정말 착하다. 성인 남자가 이렇게 착하고 순수할 수 있을까? 그리고 이어서 떠오른 생각, '일단 검사부터 받아야 할 것 같다.'

조합이 되지 않는 단어의 나열, 문장을 완성하지 못하는 모습까지. 전화 상담을 할 때 느꼈던 그 기시감이 확실해졌기 때문이다. '이 아이, 뭘 알고 한 게 아니었구나.'

몇 마디 대화를 나누는데 사건에 관한 이야기는 온데간데없고 어젯밤 읽은 SF소설 이야기에 열을 올리는 형식 군이었다. 문제가 있다고 직감한 나는 조용히 들으며, 보호자 인적 사항을 뒤적였다.

'열 살 때 어머니는 사고로 사망, 틱장애와 발달장애로 인한 학교생활 부적응, 종교재단의 대안 학교 졸업.'

그리고 메모 끝에 삼촌이라 적혀 있는 사람의 이름이 눈에 들어왔다.

"형식 군, 삼촌한테 전화 한번 해 볼래요? 전화해서 나 좀 바꿔줘요. 내가 삼촌한테 할 이야기가 있어요."

나는 유일하게 보호자 역할을 해 줄 듯 보이는 삼촌에게 형식 군을 데리고 가서 지적 능력 검사를 받아 줄 것을 부탁했다. 그리고 며칠 뒤 받아 든 결과지에는 지능지수는 57로 '지적장애' 수준에 해당한다는 내용이 적혀 있었다.

## 미필적 고의와 공모공동정범이라는 이론

수사 기록에는 CCTV 분석, 피의자신문조서, 이동 동선, 계좌 입금 내역, 택시 정보까지 꼼꼼히 묶여 있었다. 보이스 피싱 말단 수거책으로 처벌받은, 나를 스쳐 간 많은 피고인의 기록과 다르지 않았다.

그렇지만 나는 형식 군을 만난 후 피고인의 기록에 추가로 서류를 덧붙여 가기 시작했다. 새롭게 추가되는 기록에는 그의 생활기록부·진단서·심리평가보고서가 있었다. 이를 통해 '그가 왜 그 일을 업무라고 믿었는지'를 설명하고 싶었다.

하지만 수사 기록보다 더 결정적이었던 건 이형식 군의 전체 지능지수(Full Scale IQ)였다. 검사 결과는 언급했듯이 57. 사회적 연령은 15세가 안 되는 수준. 언어이해와 지각추론은 경계선, 주의력·처리속도는 매우 낮음. 학교생활기록부는 '개근'과 '성실'을 함께 기록했지만, 주요 교과 성취도는 일관되게 낮았다. 이 평면적 숫자들이, 그가 '수거책 업무'의 불법성을 미필적으로라도 인식할 수 있었는지의 단서가 될 것이다.

재판에서 짚어야 하는 건 명확했다. 형식 군이 이 보이스 피싱 범죄에 알고 가담했느냐, 모르고 움직였느냐. 법은 '미필적 고의'라는 얇은 막을 사이에 두고 사람을 가른다. '범죄 가능성을 알면서도 위험을 용인했는지'가 그 얇은 막의 정의다. 검사에게는 그 막을 견고하게 세울 책임과 의무가 있다.

　며칠 뒤, 재판이 시작되었다. 기록을 꼼꼼하게 검토한 재판장이 이대로 종결하는 것이 마음에 걸렸는지, 차회 기일에 피고인신문을 해 보자고 하였다. 보통 이 경우 변호인이 당일 어떤 질문을 할 예정인지, 또 어떻게 답하는 게 유리할지, 사전에 알려 달라고 하는 피고인이 대다수다. 난 어차피 형식 군에게 이런 교육(?)은 의미가 없다는 것을 직감했기 때문에, 있는 그대로의 모습을 최대한 많이 보여 줘야겠다고 생각했다.

　그리고 피고인신문 당일, 법정 밖 대기석에 있던 형식 군의 손에는 꼬질꼬질 손때가 탄 작은 플라스틱 인형이 들려 있었다. 21세 남성이 인형이라니, 기가 찬 표정으로 보고 있는데 삼촌이 엄하게 이야기한다. "형식아, 그건 놓고 가야지!" 하고 다그쳤지만, 손바닥만 한 캐릭터 인형을 꼭 껴안고 덜덜 떠는 형식 군의 모습이 너무 진지했다. 불현듯 '그래, 이것도 있는 그대로의 네 모습이겠구나.'라는 생각이 들었고, 나는 불안하면 안고 들어가도 된다고 다독였다. 그리고 잠시 후 그와 함께 법정으로 들어갔다.

　검사는 아르바이트라고 주장했던 그 일이 정상적인 채용이 아니었음에도 하게 된 경위를 캐물었다.

"피고인은 면접도 없이, 텔레그램 지시만 받고 현금을 받았습니다. 정상적인 채용입니까?"

"… 처음으로 붙은 일이라서요. 가족관계증명서라는 것도 처음 떼어 봤는데 암튼 그것도 보내고, 신분증도 보내고… 전 취직한 줄 알았어요."

또다시 정상적인 일인지 비정상적인 일인지를 묻는 검사.

"택시를 타고 이동했고, 처음 만난 사람으로부터 돈을 받았습니다. 이게 정상이라고 생각했습니까?"

잠시 망설이던 형식 군은 더듬더듬 그 상황을 설명했다.

"그… 팀장님이, 택시 기사님과는 말하지 말라고 해서…. 그냥 시키는 대로 했습니다."

검사는 계속해서 피고인을 몰아붙였다.

"피고인은 피해자들에게 금융기관 직원인 것처럼 말했습니까? 맞나요?"

"아니요. 저는 이름도 말하고 제 신분증도 보여 줬습니다."

방향을 틀어 불법적인 일이 아니라고 생각했다면, 왜 일을 계속하지 않았는지를 묻는 검사.

"그렇다면 왜 오래 일하지 않았습니까?"

"멀리 다니는 게… 힘들어서요. 그… 다… 다섯 밤 자고 그만뒀습니다."

## 처음으로 법정에서 울었던 날

피고인신문은 계속 이어졌다. 이날은 유독 피고인신문은 길게 했던 것 같다. 피고인의 딱한 상황을 자세하게 보여 줘야겠다는 생각이 들어서였다. 그러나 실제로 법정에서 형식 군 같은 피고인을 보면 딱하게 보지 않는 경우도 많다. 재판을 대충 대하는 듯한 예의 없고 성의 없어 보이는 말투 때문이다. 나는 신문 전 최대한 예의 있게 그리고 성실하게 대답해야 한다고 신신당부했건만, 형식 군은 신문 도중 뜬금없는 이야길 늘어놓았다.

"피고인 어머니는 언제 어떻게 돌아가셨나요?"

"… 엄마가 교통사고가 났다고, 사람들이 병원에 가 보라고 해서 갔는데, 엄마가 눈을 감고 누워 있었어요. 꼭 자는 것 같았는데, 차가웠어요."

"돌아가신 어머니에게 하고 싶은 말이 있나요?"

피고인은 인형을 꼭 껴안고 입술을 깨물었다.

"이건 엄마가 뽑기 하라고. 그때 뽑은 건데 그냥 갖고 다녀요. 엄마는 못 온다고 했어요. 대신 이게 저를 지켜 줘요."

나는 마른침을 삼켰다. 앞뒤가 맞지 않는 말. 하지만 내용은 전부 알아들을 수 있었다. 눈을 질끈 감았지만 이미 눈가가 촉촉하게 차올랐다. 아이를 낳고 법정에 복귀하면서 나는 더 건조해졌다는 이야길 들었다. "원래 출산하면 감성이 풍부해진다는데, 너는 왜 거꾸로 가니?" 친한 동료들의 농담에 "에이~ 슬픈 사연 하나 없는 사람이 어디 있어?" 하며 받아쳤던 나였다. 하지만 대면 상담 때 주눅이 들었는지 엄마가 보고 싶다고 덤덤하게 이야기하던 형식 군의 얼굴이 떠올랐다. 가방을 뒤적여 찾아낸 엄마 사진을 보여 주던 그 표정이 스쳐 가면서 갑자기 눈물이 왈칵하며 차올랐다.

'미쳤어, 여기서 울면 어떻게 해. 신파로 가지 말자. 왜 이러니 진짜.'

간신히 간신히 정신을 부여잡고 피고인신문을 마쳤다. 하지만 이후 마스크 안쪽은 눈물과 콧물로 난리가 났다. 생전 처음 법정에 울어 버리고 만 것이다. 이것도 출산의 영향일까? 실없는 생각을 하며 나는 고개를 슬쩍 돌렸다.


피고인을 바라보며 고개를 갸웃거리던 판사가 그의 지적 능력 검사에 대한 자료를 눈으로 확인한 뒤 나를 바라봤다.

"피고인의 지능과 사회성숙도 평가 자료, 제출하셨죠?"

"예. 전체 지능 57, 사회적 연령 14세 11개월에서 15세로 추정됩니다. 언어이해·지각추론은 경계선, 처리속도·작업기억은 매우 낮음입니다."

잠긴 목소리로 답변했다.

그리고 이어지는 검사의 추궁, 그리고 나의 대답은 형식 군에게는 아픈 이야기가 됐을 것이다.

"보이스 피싱이 사회 문제가 된 지 오래입니다. 일반인이라면 의심했을 겁니다."

"맞습니다…. 일반인이라면요. 그러나 이 사람은 일반적인 인

지·사회성숙도에 미달합니다. 그 차이를 무시한 '평균인의 의심'
을 잣대로 삼을 수는 없습니다."

그가 일반적이지 않다는 걸 주장할 수밖에 없었다. 조용히 눈물을 삼키고 형식 군이 진짜 몰라서, 정말 모를 수밖에 없는 지적 능력이기에 저지른 일이란 걸 힘주어 말하면서 나는 마음 한구석이 아렸다.

그는 가족의 돌봄도 받지 못했고, 제대로 된 치료도 받을 수 없었다. 학교에도 적응하지 못했고 준비도 없이 사회에 던져졌던 형식 군. 힘든 순간을 견디며 살아온 시간이 길었기 때문에 피고인은 너무나도 쉽게 범죄에 노출되었고 또 그렇게 엮이고 말았다. 물론 그게 범죄에 대한 면죄부가 될 수 없겠지만, 그가 범죄에 빠져들지 않도록 막을 기회가 분명히 있었으리라.

## 변론을 위한 다섯 개의 고리

최후변론을 앞두고 나는 변론의 요지를 다시금 점검했다. 앞서 했던 변론에서 빠진 건 없는지 내가 만든 변론의 연결고리가 촘촘하게 돌아가고 있는지를 확인했다.

첫 번째 고리는 '직접 기망 부재'이다. 피고인은 피해자 앞에서 금융기관 직원으로 속여 말하거나, 거짓 설명을 늘어놓지 않았다. 역할은 '수거·입금'으로 제한되어 있었다. 보이스 피싱 수법의 핵심인 '전화 기망'은 조직의 상부에서 수행했고, 피고인은 그 구조조차 알지 못했다.

두 번째 고리는 '지시의 형태'다. 텔레그램·가명·현금 수령·현금 전달 이 '이상한 업무'의 단서들은 분명 존재하지만, 그 단서들이 곧바로 '범죄 가능성을 인식·용인'으로 치환되지는 않는다. 평균인의 촉이 아니라, 피고인의 인지 프레임에서 판단해야 한다.

세 번째는 아픈 손가락과 같은 고리다. '피고인의 인지적 성숙도'의 문제가 있었다는 점이다. IQ 57, 사회적 연령 14세 11개월. 낮은 언어 이해·처리속도·주의력. 학교 기록과 생활사(왕따 경험, 대안 학교에서도 적응 실패, 잦은 좌절)는 아르바이트를 하면서 '의심'이라는 고차원적 판단을 실시간으로 하기 어려웠음을 나타내는 정황이었다.

네 번째 고리는 '일관된 진술'과 '짧은 근무 일자'였다. 안타깝게도 피고인은 경찰 조사를 받기 전까지 했던 일이 불법임을 몰랐다는 진술을 지속해서 했다. 며칠 만에 스스로 일을 그만둔 건 단지 '부적응·피로' 때문이었다.

마지막을 변론의 요지를 채우는 고리는 '입증의 책임 여부'였다. 미필적 고의는 검사 측이 합리적 의심의 여지 없이 증명해야 한다. '수상하다'는 인상비평을 넘어, 피고인 내면의 용인 의사를 뒷받침할 증거가 필요하다. 이 사안에서는 그 고리가 약했다. 내가 잘하는 것도 중요하지만 상대의 약한 고리를 끊어 버리는 것도 변호사에겐 중요한 일이다.

## 많은 것을 잃게 만든 형식 군의 아르바이트

이윽고 최후진술의 시간이 다가왔다. 나는 변호인석에서 천천히 일어났다.

"존경하는 재판장님, 이 사건에서 우리는 '얼마를 받았느냐'가 아니라 '무엇을 알고 받았느냐'를 물어야 합니다. 피고인은 금융 기관을 사칭하지 않았고, 피해자와 교묘한 말을 주고받지 않았습니다. 그가 본 것은 '업무 지시'뿐이었습니다. 그리고 그 지시에 따랐을 뿐입니다. 문제가 생길 가능성을 알고도 용인한 미필적 고의에 대한 부분을 증명하는 일은 검사의 몫입니다. 그런데 기록은, 그가 알지 못한 채 움직였을 가능성을 더 크게 보여 주고 있습니다."

일상에서 정상 지능을 가진 피해자들도 보이스 피싱이라는 것을 전혀 의심하지 못하여 돈을 편취당하는 게 이 범죄의 무서움이다. 하물며 사회 평균적인 사람들도 보이스 피싱의 업무를 한다고 생각하지 못하여 인출책, 전달책으로 가담하게 되어 재판받는 경우가 많이 있는데, 하물며 지능지수 57인 피고인이 최소한 미필적 고의라도 있었을지 의문이라는 걸 최후진술에서 강하게 피력했다.

"또한 보이스 피싱 범죄는 나날이 진화하고 있습니다. 돈이 바로 주범에게 전달되지 않고 번거롭게 현금 수거책을 보내서 현금을 직접 받게 한 후 다시 이를 전달하거나 입금하는 복잡한 과정을 거치고 있고, 이런 전달 방식 또한 계속 달라지고 있습니다. 피해자든 피고인이든 구체적인 사건을 직접 접해 보지 않고서는 이게 보이스 피싱 범죄의 일부분인지 파악하기 어렵습니다."

최종 변론에서 나는 피고인에게 이 사건 범행에 대한 어떠한 고의도 있었다고 보기 어렵고, 이를 검사 측이 증명하지 못했다며 변론을 마무리했다.


그리고 보이스 피싱 범죄 가담과 관련된 사건의 선고가 내려졌다. 다행히도 무죄였다. 하지만 무겁게 받아들여야 하는 결과이기도 했다. 재판부는 "검사가 제출한 증거만으로는 피고인이 범죄의 가능성을 인식하고도 이를 용인했다고 보기 어렵다. 직접 기망한 정황도 없다. 이 사건 공소사실은 범죄의 증명이 없는 경우에 해당한다."라고 판시했다. 함께 병합된 배상명령 신청은 각하되었다.

무죄판결을 받았지만, 판결 이유에 적힌 몇 줄의 문장이 오래도록 머릿속에 남았다. "정상 지능의 일반인에게조차 보이스 피싱의 피해나 가담 사례가 빈발한다. 경계선 지능 또는 지적장애 수준의 피고인에게 평균인의 인식 기준을 그 자체로 투영해서는 안 된다."

그리고 "피고인은 피해자를 속이거나 금융기관 직원인 양 행세하지 않았다."는 확인이었다. 재판부는 평균적인 사회 구성원보다 느린 속도와 낮은 문턱에 있는 피고인의 다름을 인정하며 판결을 내린 것이었다.

## 앞으로 어떻게 살아가야 할지에 대한 고민은 그의 몫이다

재판이 끝난 뒤, 피고인과 삼촌이 복도에서 연신 허리를 굽혔다. "죄송합니다, 감사합니다."를 번갈아 말했다. 처음 전화 통화를 했을 때의 연신 "죄송합니다."를 반복하던 목소리가 기억났다. 적어도 가벼운 마음으로 하는 인사가 아니었다. 대면 상담을 할 때도 그랬다. 어눌하고 뚝뚝 끊어지는 대화였지만 진지하게 내 질문에 성실하게 답했다. 수업을 따라갈 수 없었지만 빠지지 않았던 성실함이 재판에서도 보였던 것.

사실 무죄판결을 받았지만, 이토록 마음이 무겁고 심난했던 재판이 있었나 싶을 정도로 머릿속이 복잡했다.

'어머니가 돌아가신 뒤 치료를 계속했더라면 어땠을까?'

'아니, 누군가 적극적으로 도움을 줄 수 있는 가족이 더 있었다면 어땠을까?' 나는 눈으로는 미소를 보였지만 계속 머릿속으로는 아쉬운 그의 상황이 떠올랐다. 하지만 시간을 되돌릴 수 없기에 지금부터는 형식 군 자신이 견디고 이겨내야 하는 시간만이 남았다.

진화한 보이스 피싱은 '일상성'의 탈을 쓰고 다가온다. 구직 사이트의 채용 공고, 메시지로 떨어지는 지시, 편의점 앞 ATM. 평범한 사물들의 배열이 범죄의 절차가 되는 시대다. 그래서 더더욱, 법정에서는 평균인의 직감이 아닌 '개개인의 한계와 맥락을 들여다봐야 한다.' 그게 '형사재판은 사람을 다루는 기술'이라는 내 오랜 믿음의 다른 표현이다.

돌아보면, 법리는 차갑고, 사람은 더디다. 미필적 고의라는 법률 문장을 사람 말로 바꾸면 이렇다. "정말로 범죄일 수 있다고 알고도 했다면 죄다. 몰랐다면, 왜 몰랐는지를 구체적으로 본다." 그래서 나는 이후 비슷한 유형의 사건에서 피고인의 심리 평가와 지적 능력을 가장 먼저 살피는 일을 표준 절차로 삼고 있다.

# 마지막 국민참여재판,
# 이곳엔 주차할 수 없습니다

　'전용 주차구역' 여섯 글자를 바라보는 구 씨의 마음은 심하게 일렁였다. 수십 년을 살면서 여러 주택에 들고 나며 사람을 많이 겪었던 구 씨였지만 이렇게 별난 사람은 처음이었다. 오래된 다세대주택의 반장으로 궂은일 마다하지 않고 이웃들에게 손을 빌려줬던 구 씨, 그의 손은 새로운 이웃이 세운 푯말을 떼어내고 있었다.

　"이렇게 독단적으로 푯말을 세우면 공용이 전용이 되는 줄 알아? 정말 상식 밖이구먼." 그렇게 떼어낸 푯말을 주차장 근처에 있는 캐비닛에 밀어 넣었다. 그때까지 이 일로 법정까지 가게 될 거로 생각지 못했던 구 씨였다.

## 마지막 국민참여재판, 검사에게 한 방 먹었다

"민경 씨, 사건 진행 지금 괜찮아요? 검사 측 이야기 듣는데, 피
고인이 엄청 비상식적인 사람처럼 보이더라고요. 잘 몰아간 것도
있지만 아저씨 표정도 안 좋으셔서. 무섭더라고요."

국민참여재판 참관을 하고 싶다던 지인이 휴정 시간에 빠르게
속삭였다. 나는 눈을 동그랗게 떴다. 이 사건의 개요를 대강 알고
있는 분이라 더 당혹스러웠다. 분위기를 물어봤다.

"검사님이 꽤 잘했죠? 방청객들 반응은 어때 보였어요?"

"맞아요. 어떤 걸 보여 줘야 피고인에게 불리할지, 검사님이 너
무 잘 알고 집요하게 공략하더라고요. 꽤 괜찮은 전략 아닌가
요?"

맞다. 그는 실력 있는 법조인이었다. 그래서 들고 나온 전략도

단단하고 집요했다. 문제는 검사의 전략에 피고인 구동훈 씨는 예상대로 반응해 버렸다는 것. 억울한 표정을 지으며 때로는 작게 분노의 말을 뱉으면서 분을 삭이지 못했다. 씩씩대며 피고인석 물건을 꽝꽝 내려놓았다. 배심원의 눈에는 어떻게 보였을까? 고심하던 나를 남편인 심 변호사가 붙잡는다.

"전략을 수정해야지 뭐. 일단 피고인부터 진정시켜야 할 것 같다. 마지막 재판인데 이겨야지."

나는 고개를 끄덕이면서 입술을 깨물었다. '알고 있다. 미리 코칭도 했다. 하지만 일반인이 법정에 서서 차분해지는 건 정말 어려운 일이다. 억울하다고 느낄 땐 더더욱 그렇다.'


## 구 씨 처지에선 빌런의 도발, 새 입주민은 권리의 행사

새 입주민과 다세대주택의 반장으로 인사를 나눴던 두 사람이었다. 그런데 새 이웃은 주민들과 어울리는 대신 푯말부터 세웠다. "전용 주차구역"이라는 푯말. 공용 공간인 주차장에 부착된 스티로폼 푯말에는 "무단 주차 시 법적 조치"라는 글이 함께 적혀 있었다. 입주민이기에 주차할 수 있는 권리는 당연히 있었다. 문제는 그 구역이 누구의 것도 아니었다는 점이다. 동시에 모두의 것이었다. 관리 규약에도, 입주자 회의록에도 없는 임의 지정이었다.

구 씨는 처음엔 말로 풀었다고 했다.

"예전부터 지정 주차 자리 없이 먼저 온 사람이 안쪽에 대고, 나가야 할 땐 바깥쪽에 댄 사람이 빼 주는 합의가 있었어요.”

하지만 새 입주민은 고개를 저었다.

“저도 여기 돈을 주고 들어왔는데 제가 대고 싶은 곳에 댈 권리가 있죠.”

그 주장은 몇 달간 반복되었고, 그 사이에 그 입주민과 다른 세대 사이의 실랑이가 몇 차례 섞였다. 그러던 중 새 입주민은 ‘지정 주차구역’이라고 주장하는 곳에 ‘푯말’을 설치하더니 급기야 ‘칸막이’까지 설치하기에 이르렀다. 입주민들의 항의로 반장인 피고인이 새 입주민에게 여러 차례 푯말 철거를 요청하였지만, 그는 응하지 않았고, 결국 구 씨는 새 입주민이 칸막이를 설치하던 날 그 푯말을 떼어내 주차장 구석에 두었다. 부수려고 한 것은 아니었지만, 스티로폼 푯말은 떼어내는 과정에서 힘없이 부스러졌다. 그는 단지, 격앙된 동네 사람들의 숨을 한번 고르게 하고 싶었다.

그리고 새 입주민은 구 씨를 재물손괴 혐의로 고소했다. 그 후 몇 달 뒤, 국민참여재판의 피고인석에 앉게 된 것이다. 거친 숨을 내쉬며 억울한 표정으로 재판에 임하고 있는 피고인 구 씨. 사실 주차와 푯말, 모든 사람이 한 번쯤은 겪었을 주차 분쟁 중 하나다. 그래서 억울한 표정은 오히려 위험했다. “간단하잖아요, 왜 푯말을 떼어 놓고 억울해요? 어쨌든 푯말 소유자가 애써 만들어 달아 놓은 걸.”이라는 단정이 일어나기 쉬웠기 때문이다.

## 마지막 24시간의 고비

사실 이 재판은 내가 법원 소속 국선전담변호사로서 진행하는 마지막 국민참여재판이었다. 재판 당일은 이미 사직서를 제출한 뒤였다. 국선변호인으로 치열하게 살아온 시간을 뒤돌아보면서 구 씨처럼 숨을 고르고 싶었다. 그리고 구치소 접견을 가다가 당한 교통사고 후유증 때문에 재활이 필요했고, 무엇보다도 아이와 좀 더 시간을 보내고 싶은 마음에 사직서를 제출했다. 그리고 나니 마지막 사건은 더 깔끔하게 마무리하고 싶은 욕심이 생겼다. 그래서 철저하게 준비했건만, 모두진술에서 검사는 유사한 사건에 대한 판례를 언급하며 유리하게 재판을 끌고 갔다. 그리고 증거조사에서 검사의 공격은 더 정교해졌다.

푯말의 구매 내역, 손상된 가장자리는 모두 시각화되어 있었고, 구 씨가 새 입주민에게 화를 내었던 말은 모두 녹음되어 검사의 입을 통해 다시 한번 청각화되었다. 이 검사는 설득의 구조를 잘 아는 사람이었다. 유혹적일 정도로 매끈한 언어로, 논리를 일상 감정에 결합하는 방식. 지금까지 만난 검사 중 가장 어려운 상대였다. 마지막으로 피고인의 위협적으로 보일 수 있었던 언행을 부각하며 맹공에 쐐기를 박았다.

"피고인이 다소 격앙된 감정 속에서 피해자를 몰아세운 사실도 확인했습니다." "또한 '푯말 제거 동의서'에 서명한 세대가 다 실제로 동의했는지 확인해 볼 필요가 있습니다. 동의서 내용을 분석해 보면 푯말 제거 후 날짜를 소급해서 작성한 정황까지 있습니다."

이런 식으로 구 씨의 주장을 무력화시킨 뒤 그의 행동이 과연 정당행위에 해당하느냐를 집요하게 짚었다. 상대편이지만 검사의 전략은 매우 훌륭했다.

쟁점은 크게 보면 '정당행위' 여부에 관한 판단이었다. 정당행위에 대해 이해하려면 우선 고려할 점이 있다. 타인 소유의 재물을 손괴한 행위는 형법상 재물 손괴죄에 해당하고 그 재물이 설령 불법 게시물인 경우라도 성립된다는 것이다. 구 씨의 행동은 이 상황에 해당하므로 검사가 그를 재물 손괴죄로 기소했다. 그런데 형법 제20조는 '법령에 의한 행위 또는 업무로 인한 행위, 기타 사회상규에 위배되지 않는 행위는 벌하지 아니한다.'라고 하여, 만일 타인의 재물을 손괴한 행위가 이러한 정당행위에 해당한다면 위법성이 조각되어서 범죄가 되지 않는다고 명시하고 있다.

앞서서 한번 다뤘던 내용인데 '위법성의 조각'이라는 말은 법률가도 어렵게 생각하는 말이다. 생활의 언어로 풀어 보자면, 피고인이 무단 설치된 주차 금지 푯말을 뽑아 임의로 처분한 행위는 일반인의 건전한 윤리 감정에 위배되지 않아 정당하다는 것이다. 다시 말하면 이는 위법한 행위가 아닐 수 있다는 것이다. 이것이 우리 측이 내세운 변론의 요지였다.

점심 식사도 건너뛰고 난 이 어려운 말을 일상의 언어로 다듬어야 했다. 그리고 검사가 주장한 피고인의 혐의를 하나씩 격파하며 반격을 준비해야 했고 화난 피고인도 달래야 했다.

## 핵심 되새김질, '정당행위'를 말하다

형법 제20조, 정당행위. 법정에서 수도 없이 말했지만, 오늘 다시 곱씹으며 설명해야 하면 이렇다.

첫째, 권한. 반장은 직책이 아니라 위임된 역할이다. 입주자들이 반상회를 통해 합의하고, 반장인 피고인을 신뢰하여 맡긴 일이다.

둘째, 필요. 사소한 말다툼을 넘어 갈등이 확산했고, 푯말 하나가 규약보다 앞서는 표식이 되어 버렸다. 밤마다 전화가 왔고, 아침마다 차가 막히고, 불편한 자리다툼이 이어졌다. 구동훈 씨는 이 다툼을 중단시킬 필요가 있었다. 위임받은 권한으로 질서를 유지해야 했기 때문이다.

셋째, 최소. 구 씨는 푯말을 일부러 부수지 않았다. 얇은 스티로폼 재질의 주차 푯말을 떼어내었을 뿐, 고소인의 차량이나 다른 재산에 손을 대지 않았다. 최소한의 조치만 했을 뿐이다. 그로써 일시적 중립 상태를 만들었다. 회의에서 합의가 나오면 다시 돌려줄 수 있는 되돌림의 여지를 남겼다. 물론 결과적으로는 부서졌지만.

마지막으로, 고소인이 주차 공간을 독점하는 상황에서 구청과 경찰서에서 자체적인 해결을 권유하고 있었고 민사소송을 한다고 하더라도 비용도 비용이지만, 긴 시간 소송으로 승소하더라도 집행이 어렵다는 문제가 있었다. 설사 강제집행으로 철거한다 하더라도 또 설치한다면? 새로 설치한 푯말에 대한 소송의 대가를 또 치러야 할 것이다.

정당행위의 법리는 목적의 정당성, 수단의 상당성, 법익균형성, 긴급성, 보충성이라는 원이 겹치는 작은 교집합 안에서만 성립한다. '맞는 일을, 맞는 방법으로, 맞는 만큼만.' 나는 이 말을 변론 노트의 맨 위에 적었다. 그리고 그 문장을 사건의 모든 장면에 대입해 보았다. 모두진술은 그 문장을 배심원들의 마음에 하나의 이미지로 남기기 위한 시도였다.

## 배심원의 마음을 흔든(?) 증인

그리고 이어진 증인신문의 시간, 나는 평생 본 적 없는 광경과 맞닥뜨렸다. 개화 시대 서양 문물을 일찌감치 받아들인 '모던 보이'처럼 정돈된 헤어스타일, 턱시도 비슷한 디자인의 푸른 색 슈트에 가죽장갑을 낀 채, 딱딱한 구두의 뒷굽 소리를 법정에 울리며 등장한 고소인이었다. 그리고 얼마나 뿌렸는지, 강렬한 인상만큼이나 강한 향수 냄새가 법정 안에 진동했다. 배심원들의 표정을 보니 네 맘이 곧 내 맘과 같은 얼굴이었다.

'이 남자는 뭘까?'

"제가 프랑~ 스에서 오랫동안 살아서…. 음. 20년? 노옹(non) 노옹(non), 정확히는 음~ 18년. Ça va(싸 바)?"

배심원단의 동공이 흔들리고, 법정 방청석에 앉은 사람들의 눈이 커졌다.

'무슨 바?? 뭐라는 거야 저 남자.'

'방금 욕한 거 맞지?'

배심원 못지않게 당황한 재판장이 다급하게 묻는다.

"증인, 뭐라고 하셨죠?"

"Ça va(싸 바)? 모르나요? 괜찮냐고 물어본 건데…"

재판장의 질문에 고개를 갸웃거리며 답하는 증인을 보고, 나는 터지는 웃음을 참기 위해 필사적으로 고개를 숙였다. 하지만 증인의 마이 웨이는 계속됐다.

"그리고 제가, 한국 법 잘 몰라요. 그래서 좀 알아듣기 쉽게~ 말해 주세요."

순간 내 표정이 굳어 버렸다. 몇몇 배심원의 벙찐 표정이 튀어나온다. 한국 법도 잘 모른다는 사람이 푯말은 어떻게 세웠고 변호사를 대동해서 고소까지 일사천리로 진행할 수 있었는지 나 못지않게 신기한 모양이었다. '물고 늘어져야겠군.' 나는 사냥감을 발견한 맹수처럼 자세를 고쳐 앉았다.

그리고 이어진 검사의 증인신문. 요점은 자신은 입주민으로서 주차 공간의 확보를 위해 푯말을 설치했을 뿐이라는 것이었다. 그리고 돌아온 내 순서, 날카롭게 질문을 이어 갔다.

"증인은 다른 소유자들에게 전용 주차장을 주장한 사실이 있지요?"

"증인은 해당 공간이 본인 전용 주차 공간임을 주장하면서 주정차금지 푯말을 주차장에 설치한 사실이 있지요?"

"다른 입주민들의 동의는 구하고 설치한 것인가요?"

“증인! 증인은 사건 당일 주민 공용주차장에 철제 칸막이를 세우고 자동문을 다는 공사까지 했죠?”

“증인은 이사 후 한 번도 타지 않은 오토바이를 그 자리 한 가운데 세워 두어 다른 입주민들의 주차를 방해하고 있었지요?”

속사포처럼 쏟아지는 질문에 느긋하게 답변하는 고소인이자 증인인 남자.

“변호사님. 저는 차량이 아~ 주 많아요. 쥐나인, 뽈쉐, 카니 ~ 그 자리에 지금 할뤼를 세워 놨던가요? 할뤼 데이비슨은 공간을 많이 차지해요. 주차 한 칸은 써야 한다고요.”

나는 다시 받아쳤다.

“증인은 이사를 온 후에 한 번도 관리비를 내지 않았죠? 좋은 차도 많은 분이 왜 관리비는 납부를 안 합니까?”

“하아, 변호사님. 농(non)~ 농(non)~”

증인은 갑자기 자세를 고쳐 앉고 헛기침했다. 그리고 중대 발표를 하듯 비장한 눈빛으로 변호인을 지그시 바라보며 말했다.

“저기요? 변호사님~ 저기요! 사실은 제가, 쉡 로이 깡이에요!!! 프~랑스(français) 쉡(chef) 로이 깡이라고요!!”

순간 정적이 흐르고, 증인은 다시 고개를 갸웃하며 말했다.

“잡지에도 나왔는데 몰라요? 오너 쉡이라 나 많이 벌어요. 리치 패밀리고요. 근데 관리비를 안 냈다니요? 뭔가 착오가 있었을 거예요.”

그 순간 법정에 있던 모두가 엥? 하는 표정을 지었다. 나는 황급히 또 고개를 숙였다. 기도하는 것도 아니고 몇 번 고개를 숙이는 건지, 그리고 터져 나온 웃음. "풉!" 새로운 빌런의 등장처럼 보였다. 이 재판을 열심히 준비해서 온 검사도 당황스럽긴 마찬가지였으리라.

흥분한 증인은 자신의 프랑스식 이름을 들먹이며 해외 유학파라 몰랐다, 한국 거주 기간이 짧았다는 이야기만 되풀이했다. 나는 차갑게 대꾸했다.

"증인! 강.춘.삼. 증인, 꼭 필요한 말만 하세요."

로이 깡이 아니라 공소사실에 적시된 '강춘삼(가명)'이란 이름을 부르는 것으로 한 편의 시트콤이 완성됐다. 배심원석에서도 황급히 고개를 숙여 기도하는 사람들이 속출하기 시작했다. 웃기고 어이없는 증인신문이 마무리되었고 검사와 변호인인 나는 각자 최후의 한 방을 준비하고 있었다.

## 무죄 같은 유죄 선고유예

이제 남은 것은 최종 의견진술. 나의 최후변론에 앞서, 검사가 의견진술을 했다. 구형은 벌금 100만 원. 그러고는 잠깐의 침묵 후 검사는 마이크를 끄고 개인적 소회를 꺼냈다.

"저기 앉아 있는 피고인은 법리적으로 유죄지만, 감옥에 가야 할 만큼 나쁜 분은 전혀 아닙니다. 그리고 이렇게 안타까운 경우

유죄임에도 불구하고 양형에서 선처해 주는 선고유예라는 제도
가 있습니다.”

앗, 선고유예라니 예상치 못한 카드였다.
그리고 검사는 여전히 육성으로 차분하게 말을 이어 갔다.
“여러분 모두 법을 준수하며 살고 계시지요. 법치주의! 우리는
그 소중한 가치를 지키기 위해 오늘도 법을 지키면서 삽니다. 물
론 피해자의 행위가 다소 언짢을 수도 있지만, 그렇다고 해서 하
나, 둘 법을 어기기 시작하면 법치주의의 근간이 흔들릴 수 있습
니다. 감정에 이끌려 무죄로 판단하는 ‘선례’를 만들지 말아 주십
시오.”

안타깝다는 위로의 말을 먼저 던지고 그 뒤에 그간 유사한 사
안에서 보셨듯 판례 법리를 흔드는 선례를 만들지 말아 달라 당
부인 듯 당부 같지 않은 말을 날렸다. 언뜻 들으면 꽤 유혹적이었
다. 무엇보다 현명해 보였다. 의도는 적중했고, 배심원석의 공기
가 순간 흔들렸다. 하지만 재판은 위로의 말과 감정에 의해 좌우
되는 게 아니다.

### 최후변론, 나는 찬물을 끼얹기로 했다

원래 준비한 문장이 있었지만, 나는 그것을 버리기로 했다. 준
비한 문장은 안전하고 평이했지만, 이 순간은 시원한 냉수를 뿌

려 분위기를 반전시킬 필요가 있었다.

"사실 제가 건강 문제로 국선전담변호사직을 그만두게 되어, 국선변호인으로서는 오늘 마지막으로 이 법정에 서게 되었습니다. 저는 이 사건이 저에게 배당되고 처음 피고인을 만났던 날을 잊을 수가 없습니다. 그렇지만 제가 단지 답답한 '감정'에 호소하는 것이 아니라, 피고인의 행위는 법리에 따라서도 정당행위에 해당한다는 점을 말씀드리고자 합니다."

고개를 돌려 숨을 내쉰 뒤 다시 배심원을 바라보며 말했다.
"이 사건은 용서를 구하는 재판이 아닙니다. 정당함을 확인하는 재판입니다. 구 씨가 한 일은 무언가를 부수고, 파괴한 일이 아니라, 질서를 일시적으로 안전하게 되돌려 놓은 일입니다. 반장으로 입주민의 공동이익을 위해 행동할 책임과 권한이 있었고, 갈등을 멈출 필요가 있었으며, 그리고 그는 최소한으로 권한을 행사했습니다."
배심원석 앞에 앉은 검사의 미세한 표정 변화가 느껴진다. 슬쩍 바라보곤 이내 시선을 돌려 진술을 이어 갔다.
"고소인이 공동 주차 공간을 독점하고, 다른 주민들의 주차를 지속적으로 방해하는 상황은 긴급한 조치가 필요한 경우입니다. 그러나 이때 경찰과 구청은 자체 해결을 권유하였고, 이는 공권력을 통한 해결이 사실상 불가능하거나 현저히 곤란한 상황임을 보여 줍니다. 변호사로서 생각해 볼 수 있는 것은 민사소송인데요, 민사소송을 하여 어렵게 승소하고 집행하여도 또 같은 내용의 풋말을 붙이면 또다시 새로운 풋말에 대한 소송을 해야 하므로 이 역시 실효적 대안이라고 보기 어렵습니다. 따라서 다른 수단이나 방법이 없었다고 생각됩니다.”

검사는 유죄와 무죄의 갈림길에서 감정적으로 될 수 있는 배심원을 위해 선고유예라는 카드를 꺼냈으니, 나는 그 감정을 접고 진짜 ‘배심원 재판’의 의미를 되새길 필요가 있었다.

최후의 한 방을 준비하며 호흡을 고르는데 구 씨와 눈이 마주쳤다. 슬쩍 고개를 끄덕이고 마무리를 지었다.

“조금 전 검사님이 ‘선례’라고 하였습니다. 선례. 여러분들의 판단이 선례가 되고 그것이 차곡차곡 모여 정당행위의 법리가 됩니다. 다른 유사 사건 판례가 아닌, 바로 ‘이 사건’에서 여기 계신 ‘배심원 여러분들’, 사회 속에서 일상을 살아가고 계시는 바로 여러분들의 사회 통념에 따라 판단해 주십시오. 사회 통념에 따른 정당행위에서의 그 판단 기준은 다른 누구도 아닌 배심원 여러분들이 만들어 가는 것입니다.”

“따라서 피고인에게 무죄를 선고해 주시길 바랍니다.”

그렇게 담담하고 담백하게 최후변론을 마쳤다. 피고인석으로 돌아와 길게 숨을 내쉬었다. 내가 할 수 있는 건 다했다. 칼싸움보다 더 날카롭게 세운 법리의 싸움이 끝났다. 이제 기다림의 시간이다. 사회 통념이란 법률 용어는 상식으로 해석되어야 한다. 배심원들은 어떠한 해석을 내어놓을까.


### '유죄의 온기'가 아닌 '무죄의 냉기'

나는 피고인과 나란히 앉아 선고를 기다리고 있었다. 의외로 평의는 오래 걸리지 않았다. 재판장은 판결문을 읽어내렸다.

"배심원은 만장일치로 무죄 평결을 하였습니다. 사법의 민주적 정당성과 신뢰를 높이기 위해 도입한 국민참여재판의 제도적 의의를 고려할 때, 재판부는 그 의견을 존중해서 판결을…."

판결문은 놀랄 만큼 담백했다.

'피고인의 이 사건 주차표지판 제거 행위는 형법 제20조에 정한 사회상규에 위배되지 않는 정당행위에 해당하여 위법성이 조각된다.'라는 게 판결문의 한 줄 요약이었다. 검사 측에서 세웠던 위법성의 논리는 작은 상식의 조각으로 부서졌다.

판결이 선고되자 피고인이 소리 내어 눈물을 흘렸다. '아, 나도 이제 정말 국선전담변호사직을 이렇게 마무리하는구나.' 나도 모르게 주먹을 불끈 쥐는 순간이었다.


### 마지막 재판, 다음 사람을 위한 한 줄

판결이 난 뒤, 복도에서 구 씨와 악수했다. 그는 말 대신 두 번 고개를 깊게 숙였다.

"변호사님, 고생하셨습니다. 제가 화내는 바람에 힘드셨죠? 미안합⋯.”

목이 잠긴 듯 끝을 맺지 못한 말에 나는 고개를 끄덕였다.

“괜찮습니다. 잘 끝났으면 됐죠.” 그날 법정에서 그가 몇 번이나 목소리를 높여서 가슴이 철렁했던 건 사실이다. 화를 다스리지 못한 그의 태도는 재판을 어렵게 만들었고 실제로 불리하게 흐르던 순간도 있었다. 그러나 그 분노는 공동주택의 이웃들 사이, 그 오랫동안 지켜 온 질서를 향한, 순수하지만 서툰 충성심의 다른 표현이었을 것이다. 배심원들은 그 차이를 알아준 것이다.

사직서를 낸 뒤 치른 마지막 국민참여재판. ‘마지막’이라는 말에 함몰되고 싶지 않았다. 앞으로도 여전히 나는 ‘변호사’이기 때문이다. 다만, ‘국선전담변호사’로는 마지막이 될 수 있기에 더 힘을 주어 말했다. 모두진술에서는 공동체의 상식을 이야기했고, 최후진술에서는 법의 상식을 꺼내 들었다. 그 둘이 합쳐지면 상식이 판결된다고 믿었다. 그게 우리가 사는 세상을 떠받치고 있어야 한다. 최소한의 상식이. 우리 모두의 가치가.

재판을 지켜봐 준 동료, 가족과 식사하기 위해 법원을 나섰다. 급하게 한술 뜨는데, 예쁘게 쓴 메모가 시야로 들어왔다. 재판을 지켜봤던 지인이 쓴 내용은 모두진술에서 했던 내용이었다.

“언제 받아 적었어요?”

“처음 방청해 본 재판이었는데, 그게 하이라이트인 것 같아서 받아적었어요. 말주변이 없다고 하셔 놓고 꽤 은유적인 표현으로 핵심을 찌르던데요. 상대방에 무작정 써서 붙은 쪽말에는 감정이 없지만 희한하게도 주차 구획선 안에는 미안하고, 서두르고, 배려하는 마음이 있었다. 꽤 멋지지 않습니까?”

웃으면서 메모를 받아 지갑 사이에 끼워 넣었다.

그렇게 마지막 국민참여재판이 끝났다. 법정 문을 나서며 나는 손에 쥔 대본을 한 번 더 접었다. 쪽말 하나를 제자리에 돌려놓는 일처럼 변호사의 일은 결국 잘못된 자리를 고치는 일인지도 모른다. 말의 자리, 사람의 자리, 그리고 법의 자리. 오늘은 그 셋을 같은 선 위에 놓기 위해서 고군분투하는 변호사들이 있다.

## 책을 마치며

나는 법원을 떠나 다시 사선으로 돌아왔다. 국선전담변호사로서 사직서를 냈다고 변호사로서 인생이 끝난 건 아니다. 그저 국선변호인으로서 소임을 내려놓고 변호사 김민경으로 돌아갔을 뿐. 하지만 로펌 시절과 달리 마음이 편안하지 못하다. 묵묵히 자신이 맡은 사건을 성실하게 검토하고, 매사에 최선을 다해 변론하는 동료 국선전담변호사들을 뒤로하고 나 혼자 편하게 지내는 것 같아 미안한 마음이다. 또 내가 할 일을 다른 변호인들에게 떠맡긴 건 아닌가 싶어 마음이 무겁다.

그 아쉬운 마음을 달래기 위해 국선에서의 일을 책으로 엮었다. 하지만, 법정의 분위기와 피고인과 피해자의 교차하는 감정, 검사와 변호사의 불꽃 튀는 공방 속 긴장감을 다 표현하지 못하고 마무리 짓는 것 같아서 이건 이거대로 아쉬움이 남는다. 물론 사선에서 국선으로 자리를 옮겼을 때처럼 또 다른 도전도 즐거운 마음으로 준비할 수 있을 것이다. 그리고 변호사로서 나는 계속 열심히 변론하고 법의 의미에 대해 고민할 것이다.

마지막으로 나의 변호사 생활 한 페이지를 장식해 준 이들에게
감사의 인사를 전한다. 전투력을 끌어올려 준 피고인들은 다시
법원에서 보지 않길 바란다. 이젠 법을 지키며 편안한 삶을 살길
빌어 본다. 또 법정에서 나와 치열하게 싸운 법조인들, 든든한 방
패가 되어 준 동료들에게는 감사 인사를 하고 싶다.

특히 나를 국선의 세계로 등 떠밀어 준 슈퍼맘 변호사 언니에
게 고마운 마음이 크다. 그리고 망설임 없이 나의 청혼을 받아준
남편 심 변호사와 바쁜 엄마에게 칭얼댄 적 한 번 없는 내 딸에게
정말 사랑한다는 말을 전하고 싶다. 그리고 마지막으로, 혼자서
는 도저히 할 수 없었을 집필을 열심히 도와준 스토리폴리오 대
표 최명숙 작가에게 깊은 감사를 전한다.

# 사선에서 국선으로

국선변호사의 사건 노트: 법정에는 늘 사정이 있다

**1판 1쇄 발행** 2026년 4월 14일
**지은이** 김민경

**교정** 신선미   **편집** 양보람   **마케팅·지원** 조아라
**펴낸곳** (주)하움출판사   **펴낸이** 문현광

**이메일** haum1000@naver.com   **홈페이지** haum.kr
**블로그** blog.naver.com/haum1000   **인스타** @haum1007

**ISBN** 979-11-7374-371-9(03810)

좋은 책을 만들겠습니다.
하움출판사는 독자 여러분의 의견에 항상 귀 기울이고 있습니다.
파본은 구입처에서 교환해 드립니다.